Xin Publishing

Gerhard Ludwig
Heero Miketta

in isrogant
erzählungen band eins

Mit einem Vorwort
von Yong Yuen He

Erschienen im März 2010 im
Xin e.V., Overath bei Köln
in Kooperation mit
Xin Publishing
an imprint of Xin He Ltd.
Suite 404, 324 Regent Street
London, W1B 3HH
United Kingdom

© Xin He Ltd. 2010
Alle Rechte vorbehalten.

Titelfoto:
©iStockphoto.com/gilas

ISBN 978-3-942357-01-2

Herstellung:
BoD GmbH, Norderstedt bei Hamburg

Yong Yuen He:
Vorwort
Seite 7

Heero Miketta:
Naineshos
Seite 9

Gerhard Ludwig:
Levent
Seite 81

Vorwort

Yong Yuen He

Die Seele ist ein Reisender.
Das Leben ist ein Traum.

Zwei Glaubenssätze der Kirche des Einen Gottes, zu einer Zeit, als sie noch aus vielen verschiedenen träumenden Schulen bestand... vor der Großen Flut, vor der Machtübernahme durch die Strenggläubigen des Klosters Avenicum Dalor mit ihrem Dogma der Zweiten Offenbarung.

Wer sich auf die Reise macht, den fantastischen Kontinent Isrogant zu erkunden, stößt schnell auf diese Hintergründe, wird gefangen von Historie und Tradition dieser uralten Welt, verstrickt sich in aktuellen Entwicklungen und alten Überlieferungen, trifft aufregende Charaktere.

Und „uralt" ist diese Welt tatsächlich, zumindest nach den Maßstäben moderner Fantasyliteratur. Sie entstand nicht am Reißbrett, sondern als interaktives, hoch kreatives Strategiespiel in den Achtziger Jahren, als virtuelle Welten noch nicht in aller Munde waren, sondern eine wirklich neue Idee. Die Spieler schmiedeten als Fürsten, Herzöge und Könige Intrigen, schlossen Bündnisse, begannen Kriege, begründeten gewaltige Reiche und eigene Religionen.

Das Briefspiel gibt es schon seit vielen Jahren nicht mehr, doch die Welt entwickelte sich kontinuierlich weiter, wurde

7

dichter und lebendiger. Auch die Gruppe der Autoren ist seitdem gewachsen, und wir rechnen fest damit, dass ihre Zahl in der Zukunft weiter zunehmen wird.

In Ihren Händen, liebe Leser, halten Sie den Anfang einer wunderbaren Reise, folgerichtig mit zwei Geschichten von den Begründern Isrogants.

Heero Miketta wird Sie nach Naineshos entführen, eine Hafenmetropole, die von den meeresatmenden Bewohnern der Isroganter Küsten regiert wird. Sie werden die She-Bashi kennenlernen, deren Begründer Sie schon bald in der Roman-Trilogie „Reisende" wiedertreffen werden.

Mit Gerhard Ludwig reisen Sie den Großen Fluß hinauf, von seiner Mündung im faszinierenden Boasp bis zu seinen Ursprüngen in den Marschen der Acha´Id. Sie werden Zeugen des Kathedralenbaus in Fährsteg und der Nachfolgekriege in den Jungen Königreichen und erleben, wie die legendären Altwalden sich mit dem Versiegen der Magischen Gezeiten auseinandersetzen müssen...

Ich wünsche Ihnen viel Freude beim Lesen. Und hoffe, dass sich unsere Wege bald wieder kreuzen.

In Isrogant.

Yong Yuen He
Xin Publishing

London, im März 2010

Naineshos

Heero Miketta

Sieben harte Tage lang hatte er geschuftet ohne Unterlass, um sich die Passage an Bord des Vierseglers zu verdienen. Eine Reise, die er viele Monate vor sich her geschoben hatte, bevor er endlich allen Mut zusammen nahm und sich auf den Weg machte.

Jetzt gönnte er sich eine Pause. Für die Besatzung des Langschiffs bedeuteten die letzten Meilen der Reise eine ganz besondere Anstrengung, denn die Segel waren schon eingeholt, und es hieß rudern. Doch Pridias hatte keine eigene Ruderbank. Als nur kurzzeitiger Gast an Bord genoss er das Privileg, im Bug stehen zu dürfen.

Er war glücklich. Zwar bohrten tief in ihm Angst und Ungewissheit, seine ständigen Begleiter in den letzten Monaten; ach was, die ständigen Begleiter seines ganzen Lebens, seit seine Eltern gestorben waren, noch mehr aber, seit er in die Marine von Ephedis eingetreten war. Dennoch: Jetzt spülte Euphorie durch seine Adern, er fühlte sich frei und stark, als könne er von Bord des Langschiffs springen und die letzten Meilen schwimmen.

Vermutlich konnte er das wirklich. Es war windstill, das Meer lag friedlich, und Pridias war ein exzellenter Schwimmer. Einer der besten. Ein Kriegsschwimmer der Marine in den letzten beiden Jahren, und zuvor Fischer und Perlentaucher, aufgewachsen an den Ufern der »Faust«, wie die nördlichste Bucht innerhalb der Inseln von Tjellas genannt wurde. Er war ganz sicher, dass er von hier bis nach Naineshos schwimmen konnte.

Stattdessen blieb er stehen, genoss das Gefühl, dass die Tür für ihn offenstand, durch die er in einen neuen Teil seines Lebens treten würde. Er atmete den Duft des Meeres und sah die legendäre Stadt vor sich auftauchen.

»Ganz schön beeindruckend, was, Kleiner?« Pridias schaute sich um, er hatte nicht damit gerechnet, dass außer ihm noch jemand vom Rudern freigestellt war. Zu seiner Überraschung war es Mordred, der Kapitän des Vierseglers, ein üblicherweise knurriger alter Seebär, der während der ganzen Überfahrt nicht viel mit seinem Passagier gesprochen hatte. Seine grauen Haare standen in alle Richtungen zu Berge, was ihn chaotisch aussehen ließ, noch unterstrichen von seinem wilden Rauschebart, ungepflegt und zottelig. Erstaunlicherweise hielt er dennoch auf Ordnung, und ganz besonders auf Hierarchie, weswegen Pridias wirklich nicht verstand, dass der Kapitän nun mit ihm sprach – ihm, der noch unter dem Schiffsjungen stand.

Vorsichtshalber nickte er nur, ohne etwas zu sagen.

Der Kapitän redete unbeeindruckt weiter. »Wart ab, gleich wird es noch besser. Jetzt ist die Fackel von Nainos hinter der Halbinsel dort vorne verborgen, aber in ein paar Ruderschlägen sehen wir sie in ganzer Pracht.« Er steckte die Hände in seinen breiten Gürtel, was ihn aussehen ließ, als hielte er seinen dicken Wanst fest.

Pridias sah auf die Stadt, die vor ihm lag – größer als alles, was er bislang auf Tjellas Inseln gesehen hatte. Die stolzen freien Städte der Inseln hatten selten mehr als zehn- oder zwanzigtausend Einwohner, worüber in allen Polis eifrig Buch geführt wurde; schließlich waren nur die freien, in der Polis geborenen Frauen und Männer wahlberechtigt. Pridias hatte niemals Wahlrecht ausüben dürfen. Er war nicht in einer Polis geboren, sondern in einem kleinen Fischerdorf, und um ein

Vollbürger in Ephedis zu werden, hätte er noch weitere zehn Jahre in der Marine dienen müssen.

Doch wie es aussah, würde er seine Zukunft nicht in einer der freien Städte verbringen. Die Bürger von Naineshos hatten kein Wahlrecht. Die Stadt, die sich vor seinen Augen über das Ufer ausbreitete, war keine Polis. Sie hatte nicht einmal eine Regie-rung. Sie war ein Wildwuchs, von dem man sich überall auf Tjellas Inseln, vielleicht sogar auf dem fernen Kontinent Isro-gant, die verrücktesten Geschichten erzählte. Ein Ort, an dem jeder sein eigenes Recht schrieb, weil die Nainesher, unter deren Aufsicht die Stadt stand, sich nur um das kümmerten, was unter der Wasseroberfläche geschah.

Pridias hatte noch nie einen Nainesher getroffen, obwohl das in der Marine nur eine Frage der Zeit gewesen wäre: Die Wasseratmer besiedelten die Meere rund um Tjellas Inseln und hatten sich auch in den Buchten im Inneren der Inseln niedergelassen, wenn man ihren Aussagen Glauben schenken konnte. Viele Wasserkrieger der Marine berichteten davon, dass sie schon Siedlungen der Nainesher bei ihren Tauchgängen gesehen hatten, oder zumindest die Ausläufer davon.

Er war ganz sicher, dass er in Naineshos früher oder später mit ihnen in Berührung kommen würde. Das war ein auf-regender Gedanke, ebenso wie die Vorstellung, dass in diesem Moment unter dem Schiffsrumpf, in den Tiefen des Meeres, eine andere Stadt lag, ein Zwilling der großen menschlichen Siedlung an Land, bevölkert von Wesen, die keine Atemluft brauchten. Wie mochte diese Stadt aussehen? Hatten die Nainesher Straßen, gab es Häuser, bauten sie Zäune, um sich voneinander abzugrenzen?

Mordred unterbrach seine Träumereien. »Sieht groß aus, die Stadt von hier«, sagte er. »Aber das hier, das sind nur die Siedlungen der Armen und Außenseiter. Hat nicht viele große Gebäude hier, sieht aus wie ein Ameisenhaufen.« Er schnaufte und rieb sich mit einer Hand über das vollkommen behaarte Gesicht. »Nix ist das, diese Seite von Naineshos. Eine Schande, dass man das zuerst sieht, wenn man kommt, aber warte, warte nur, Kleiner.« Pridias sagte nach wie vor nichts, nickte nur und tat, wie ihm geheißen.

Der Viersegler durchpflügte das so nah an der Küste etwas unruhigere Meer, das Rauschen der Wellen unterbrochen vom Schreien der Möwen und dem dumpfen Klang der Trommel, mit der der Maat das Tempo der Ruderschläge vorgab. Keiner der Ruderer hatte viel Puste zum Sprechen, und so blieben sogar die üblichen Scherze und Zoten aus.

Die Halbinsel, die bislang die Sicht auf die eigentliche Stadt blockiert hatte, blieb steuerbords zurück, und plötzlich erschien im Sichtfeld die Fackel von Nainos. Zunächst sah Pridias nur Rauch, der hinter der Kuppe der Halbinsel aufstieg, dann folgte das Feuer – eine gewaltige Flammensäule, größer als alles, was er bislang gesehen hatte – und schließlich tauchte die Feuerplattform auf. Sie musste riesig sein, zumindest sah sie aus der Entfernung so aus, aber das war nicht das Beeindruckende. Je weiter das Schiff sich voranbewegte, um so deutlicher wurde, in welcher Höhe sich die Plattform befand. Die Fackel schien mit dem Näherkommen des Schiffes ins Unendliche zu wachsen, ein gigantischer Leuchtturm, der aussah, als habe ihn jemand aus Stahl gegossen, nicht aus Steinen zusammengefügt.

»Das ist sie, die Fackel«, stellte der Kapitän fest, noch immer seinen Bauch haltend, während der Meereswind ihm die Haare zerwühlte. »Macht einen ganz klein. Ehrfürchtig. Man sagt, es ist Zwergenmagie, die die Fackel aus einem Berg geschaffen hat, der einst an ihrer Stelle stand.« Schnaufend fügte er hinzu: »Man will es glauben, sieht man sich das Monstrum an.«

Jetzt wagte Pridias doch, eine Frage zu stellen. »Wie kommt es, dass das Feuer am Tag brennt?«

»Sie lassen es immer brennen. Tag und Nacht.« Mordred sah skeptisch hinauf. »Keine Ahnung, woher sie denn Brennstoff nehmen. Man sieht sie überall in der Stadt.« Er schnaufte wieder. »Es ist das einzige, was in Naineshos überhaupt einer Staatsmacht nahekommt, wirklich verlässlich geregelt ist.«

Es lag etwas in der Stimme des alten Rauhbeins, was Pridias erschauern ließ. Konnte es sein, dass sogar Kapitän Mordred vor den Straßen von Naineshos Angst hatte? Das war kein schöner Gedanke, und er versetzte seinem Hochgefühl einen kräftigen Dämpfer.

Er blickte an der Fackel vorbei in die Einfahrt der Nainos-Bucht. Jetzt wurde ihm klar, was der Kapitän gemeint hatte, als er sagte, die Siedlungen auf der Halbinsel hätten nichts mit der wahren Stadt Naineshos gemein. Sie waren lediglich hingeklatschte Gebäude, Wohn- und Lagerhäuser, ein paar Plätze dazwischen, hier und da ein Tempel. Hier aber lag die wahre Stadt.

Der Eingang zur Bucht wurde an der einen Seite von der Fackel flankiert, an der anderen von einem riesigen Tempel-bauwerk, das Pridias aber keinem ihm bekannten Gott zuord-nen konnte. Fackel wie Tempel waren eng umbaut von den Gebäuden der Stadt, und gleiches galt für die Bucht selber. Die *gesamte* Bucht, nicht nur ihre Ufer. Pridias blieb der Mund offenstehen angesichts der gewaltigen Gebäude, die sich ohne erkennbare Ordnung gegenseitig den Platz streitig machten, und zwischen die eine Unzahl kleinerer Häuser gequetscht war.

Mordred lachte. »Jaja, so glotzen sie alle«, grunzte er. »Das ist keine anständige Polis, wie wir sie gewohnt sind, mit klarer Ordnung, einem Tempel und einer Feste, darunter vielleicht ein Hafen. Ich sage dir, Kleiner, ich habe auf dem Kontinent schon große und unordentliche Städte gesehen, aber Naineshos ist was besonderes.«

»Wieviele...«, setzte Pridias an, dann schluckte er erst einmal und fragte erneut: »Wieviele Menschen leben hier?«

Mordred machte eine wegwerfende Handbewegung. »Wer soll das wissen? Es gibt keine Volkszählung hier, es gibt nur Unordnung und Gefahren. Glaub mir, in diesen Straßen wird gestorben wie die Fliegen. Und trotzdem werden es immer mehr Leute.«

Pridias starrte wieder auf die Stadt und die unglaubliche Unordnung, die ihre Bauweise ausstrahlte. Er konnte Bewegungen ausmachen, überall, und in der Bucht sah er Schiffe. Große Schiffe waren darunter, in fremdartiger Bauweise, wie er sie auf Tjellas Inseln noch nie gesehen hatte, aber auch die typischen Zwei- und Viersegler, die Dreißig- und Fünfzigruderer der freien Städte. Dazwischen gab es Ruderboote und Schalupen, und an den Ufern sah er Hausboote, flache Gebilde, mit denen man sicherlich keine weiten Strecken zurücklegen konnte.

»Selbst wenn man die Menschen zählen könnte in Naineshos«, Mordred starrte in die Bucht, und sein Blick hatte etwas feindseliges, »dann wüsste man noch immer nicht, wieviele Seelen dort wohnen. Denn dann fehlten ja die Nichtmenschen. In der Stadt gibt es viele Wesen, die nicht menschlich sind, was immer sie auch sein mögen. Und natürlich die Nainesher.«

Pridias nickte wieder. Auf was hatte er sich bloß eingelassen?

»Wird gleich knifflig werden, dort zu manövrieren«, sagte Mordred. »Siehst Du, wie vollgebaut alles ist? Voller Inseln, groß und klein, und sie haben auch noch auf die kleinsten Felsen Häuser gestellt und alles mit Brücken verbunden.«

Das sah Pridias in der Tat. Riesige Türme standen auf den Inseln, kleine Häuser, Tempel, Lagerhallen, und überall gab es Anlegeplätze, an Stelle eines anständigen, gut sortierten Hafens. Zwischen all dem spannten sich Brücken – niedrige, aus Stein gebaute, aber auch große und gewaltige zwischen den größeren Inseln.

Viele gingen sogar von Haus zu Haus, in oft schwindel-erregender Höhe, und mit Staunen erkannte er, dass manche davon gar nicht stabil waren, sondern Hängebrücken aus mit Seilen verbundenen Holzstücken.

Auf allen herrschte reger Verkehr. Menschen zu Fuß, mit Karren, sogar Reiter und Kutschen. Alle schienen zu wissen, wohin sie wollten. Pridias konnte sich nicht vorstellen, dass irgendjemand sich in diesem Irrgarten zurechtfinden konnte.

Mordred zeigte mitten hinein in das Chaos. »Dort drüben werden wir anlegen, beim Kontor des Handelshauses Gooregan. Es ist einer der sichereren Plätze, die Gooregans haben eine effektive Wachtruppe, und ihr Ciena-Kai ist gut gepflegt.« Er musterte den Jungen neben sich. »Und, Kleiner, weißt Du schon, wohin Du dann gehen wirst?«

Pridias hatte geglaubt, das zu wissen. Doch jetzt war er sich nicht mehr sicher. »Man hat mir gesagt, ich solle zur Vrenjadin-Insel kommen, jeder könne mir sagen, wo die ist.« Zweifelnd blickte er auf das Gewirr von Brücken, Straßen und Häusern, verteilt über die vielen Inseln, die vermutlich alle irgendeinen Namen hatten, und verpasste deswegen die Reaktion des Kapitäns.

»Vrenjadin«, sagte der Kapitän.

Pridias blickte auf. Es lag ein schwer zu deutender Ausdruck in den Augen des Kapitäns.

»Ja?« sagte er vorsichtig, fragend.

»Zu wem willst Du denn, auf Vrenjadin?« fragte der Kapitän.

Das konnte Pridias beantworten. Der Name hatte sich in sein Gedächtnis eingebrannt, über die vielen Monate, in denen er mit der Entscheidung gerungen hatte, wirklich hierher zu kommen. »Ein Mann namens Wado il-Aksos soll dort leben.«

»il-Aksos«, wiederholt Mordred, und wieder lag etwas seltsames in seiner Stimme, das Pridias wachsam machte. »Mit dem willst Du sprechen?«

»Man hat mir gesagt, er suche gute Leute.«

»Und Du bist ein guter Leut?«

»Ich bin Schwimmer. Die Marine hat mich als Wasser-kämpfer beschäftigt.«

»Aaaah«, Mordred starrte Pridias an, bis dieser sich unbehaglich fühlte. »Ja, Du hast den Körper eines Schwimmers, und die Arbeitshaltung eines Kriegers. Geschuftet hast Du hier an Bord, wie ich es selten gesehen habe.«

15

Das Kompliment überraschte Pridias. Der Kapitän nahm ihn an der Schulter – eine grobe, harte, aber nicht unfreundliche Berührung – und drehte ihn in Richtung Süden. Mit dem Finger zeigte er auf eine der vielen Inseln.

»Das dort, das ist die Heimat von Patrios Wado il-Aksos. Keine Ahnung, wie und wo du von ihm gehört hast, Junge. Aber Du musst vorsichtig sein. Der Patrios ist ein gefährlicher Mann.«

Damit klopfte er ihm zweimal kräftig auf die Schulter, drehte sich um und verschwand, um den Einlauf seines Schiffes in die Bucht zu überwachen.

Pridias blieb zurück. Er starrte auf die Insel, die der Kapitän ihm gezeigt hatte. Sie lag ein wenig abseits von den anderen, verbunden durch eine große Steinbrücke, die einen hohen Bogen zum Ufer spannte. Ein Schiff fuhr in diesem Moment unter ihr her, helles Segel vor dunklem Hintergrund: Ein bulliger Turm, mit kleinen Fenstern und vielen Terrassen, aus dunklem Stein, der das Licht zu verschlucken schien.

Vrenjadin.

***

Knarrende Masten, das Schlagen der Ruder und jetzt auch wieder jede Menge lautes Rufen dominierten die letzten Meter, bis das Schiff krachend am Kai anlegte. Der Kapitän hatte nur noch ein kurzes Nicken zum Abschied übrig, als Pridias von Bord eilte, weil er vermeiden wollte, in die allgemeinen Entladetätigkeiten hineingezogen zu werden.

Es war gut möglich, dass ihm das als Undankbarkeit ausgelegt wurde (»Kaum ist er da, hat er keine Lust mehr, zu helfen, der Lümmel«), aber weil dieser Gedanke auch wirklich der Wahrheit entsprach, machte er sich nichts daraus.

An Land war es augenblicklich mit jeder Ruhe vorbei. Träger eilten geschäftig hin und her zwischen den Schiffen und den gewaltigen Lagerhäusern, die den Blick auf die eigentliche Stadt komplett verstellten, zwischen ihnen bewegte sich ein bunter Strom von Menschen in verschiedenster Kleidung, die Luft war erfüllt von einem Gemisch verschiedener Düfte. Pridias hatte Mühe, den Mund nicht offenstehen zu lassen.

Ein kleiner, verhutzelter Mann baute sich plötzlich vor ihm auf, ließ einen großen Kasten voller Nahrungsmittel von seiner Schulter auf ein sich automatisch entfaltendes Holzgestell gleiten und fragte in breitestem Adjagard: »Naschwerk, junger Mann?«

Pridias hob abwehrend die Hände und machte einen kleinen Schritt zurück, wobei er mit einem Träger kollidierte. Laut fluchend balancierte dieser eine große Rolle Stoff auf seinen Schultern, sein nackter Oberkörper mit schmutzigem Schweiß bedeckt, der jetzt auch an Pridias klebte.

»Vergebung«, murmelte dieser. Der Träger hatte keine Zeit für längere Streitereien, er verschwand mit seiner Last in der Menge. Der alte Mann mit seinem tragbaren Tisch war aber noch da, erwartungsvoll seine Waren präsentierend.

Pridias warf einen Blick darauf. Zu seinem Erstaunen war das Angebot einladend: Getrocknete Früchte, Nüsse, salzige Backwaren. Ihm lief das Wasser im Mund zusammen.

»Ihr macht bestimmt gute Geschäfte mit den Seefahrern hier, oder?« fragte er, während er in seinem ledernen Rucksack nach dem Geldbeutel fischte.

Der Verkäufer grinste und präsentierte etliche Zahnlücken zwischen ansonsten blütenweißen Zähnen. »Das mag schon stimmen, junger Mann«, antwortete er, während er nach einem kleinen Papiertütchen griff, um die Waren abzufüllen. »Was darf's sein?«

Pridias beugte sich nach vorne, um die Auswahl zu begutachten, seinen Geldbeutel in der einen Hand, den Rucksack lose in der anderen – als er plötzlich umgerempelt wurde. Damit hatte er nicht gerechnet, und so ging er zu Boden, in einem Schauer von Leckereien vom Tischchen des fliegenden Händlers. Er verlor seinen Geldbeutel, doch bevor er das überhaupt verstehen konnte, wurde ihm der Rucksack aus den Händen gerissen.

»Flut und Verderben«, fluchte er, während er sich geschmeidig aufrichtete. Auch der Händler war gestürzt, kam allerdings nicht so schnell wieder hoch. Pridias hätte ihm gerne geholfen, doch er sah, wie ein junger Kerl mit seinem Rucksack davonrannte, mit all seinen spärlichen Besitztümern. Das ließ keinen Raum für Zeitverschwendung, er sprintete hinterher.

Die Verfolgung war mühsam. Der Dieb rannte ohne Rücksicht auf Verluste durch die Menschenmenge, schubste Passanten zur Seite, die sich empört nach ihm umdrehten und Pridias keine Gelegenheit gaben, sie ein zweites Mal zu überraschen. Er musste deswegen Zickzack laufen, um Hindernisse herum, die der Verfolgte einfach aus dem Weg rempelte.

Außerdem war der Kerl unglaublich fit. Pridias war recht stolz darauf, selbst in guter Form zu sein, aber der Dieb war ihm mindestens ebenbürtig, was das anging. Er rannte wie ein Hase, und er ließ im Tempo nicht ein bisschen nach.

Wieselflink schlug er Haken, bog überraschend in Seitengassen ein und entfernte sich so immer weiter vom überschaubaren Kai, hinein in das Straßengewirr der Stadt, in dem Pridias sich nicht auskannte. Nach einiger Zeit verlor er den Gejagten aus dem Blick, auf einer Kreuzung, umgeben von hohen Gebäuden, die reichlich schäbig wirkten, von Wind und Wetter angegriffen. Mit einem Stöhnen beugte er sich vornüber und versuchte, wieder zu Atem zu kommen. Zum Fluchen fehlte ihm die Luft, doch dann sah er den Gejagten aus dem Augenwinkel wieder auftauchen.

Der Kerl war sich anscheinend sicher, den Verfolger abgehängt zu haben, denn er bewegte sich recht langsam. Mit wenigen Sätzen war Pridias bei ihm und riss ihn zu Boden, in einen der sehr brauchbaren Haltegriffe, die er in seiner Zeit beim Militär zur Genüge hatte üben können.

»Hey, hör auf!«, ächzte der Junge, dem schnell die Luft ausging, weil Pridias' Gewicht auf seinem Brustkorb lag, während seine Arme in einem soliden Hebel zur Unbeweglichkeit verdammt waren. Er benutzte die Sprache der Polis, nicht das auch auf Tjellas Inseln gebräuchliche Adjagard, was in dieser Stadt überraschend war. »Ich wollte dir doch nichts.« Die letzten beiden Worte gingen in einem pfeifenden Röcheln unter.

Pridias ließ etwas lockerer, zog den Griff aber sofort wieder zu, als der Dieb sich regen wollte. »Ich will meine Sachen wiederhaben«, stieß er hervor. Er war zu erschöpft, um wütend zu sein, aber es war auch die Erleichterung, den Jungen gefangen zu haben, die ihn gnädig stimmte. »Gib sie her.«

»Ich kann nicht«, kam die Antwort, gefolgt von einem schmerzenden Keuchen, als Pridias wieder zupackte.

»Ich will meine Sachen zurück«, wiederholte er. »Und ich habe kein Problem, dir deinen Scheißarm zu brechen, verdammter Flutsäufer!«

»Nein, nein, mach das nicht!«

»Also gib mir meine Sachen.«

»Die habe ich schon...«, ein weiteres Stöhnen unterbrach den Satz, bevor er fortfuhr: »... weitergegeben. Du glaubst doch nicht, dass... aaaaaah!«

Pridias kurzfristige Erleichterung verwandelte sich in rasende Wut. Er musste sich zügeln, sein Versprechen nicht wahr zu machen. Statt den Arm zu brechen, ließ er sich mit mehr Wucht auf den Brustkorb fallen.

»Du Pestratte!« knurrte er. »Ich bring dich um!«

»Nein, nein«, jammerte der Dieb wieder, und Pridias lockerte seinen Griff.

»Wem hast du meinen Rucksack gegeben?« knurrte er. »Mach keinen Scheiß, ich mach dich alle, wenn du mir nicht die Wahrheit sagst!«

»Ja, ja, ich verstehe.« Der Junge bewegte sich ein wenig, hielt aber sofort still, als Pridias den Druck wieder verstärkte. »Ich weiß nicht. Ich kenne die Leute nicht. Hier arbeitet man nicht allein. Ich bin nur der erste Läufer. Gebe das Zeug immer an andere Läufer weiter, sehe die fast nie ein zweites Mal.«

»Flut und Verderben!« brüllte Pridias. »Du verschissener Flutsäufer, hinterfotziger Orkarsch!« Er ließ frustriert den Arm des Diebes los, schlug aber sofort nach ihm, als er versuchte, sich zu bewegen. »Das war alles, was ich besitze! Verdammtes Schwein!«

Die Wut kochte über, und er schlug dem Dieb mit der Faust ins Gesicht, einmal, zweimal, ein drittes Mal. Dann fand er seine Kontrolle wieder, schwer atmend. Er sah, wie Blut aus der Nase des Jungen schoss, und jetzt wurde ihm auch bewusst, dass um ihn herum Leute stehenblieben. Schaulustige. Sie konnten Ärger bedeuten.

Resigniert ließ er seinen Gegner los und setzte sich neben ihm auf den Boden.

»Scheiße«, murmelte er. Seine ganzen Ersparnisse... fort. Keine Kleidung zum Wechseln. Eine eiserne Faust umklammerte seinen Magen. Die Einladung! Das kleine, hölzerne Siegel, mit dem er beim Patrios vorsprechen sollte! Es war auch im Rucksack gewesen. Er stöhnte auf.

Neben ihm regte sich der Dieb, sehr vorsichtig, die Arme vor sich haltend, für den Fall, dass Pridias noch einmal zuschlagen wollte. Er wischte sich mit der Hand über die blutende Nase, setzte sich langsam auf.

»Das war alles, was du hast?« fragte er. Er sprach durch die Nase. Pridias riskierte einen Blick. Gut möglich, dass sie gebrochen war.

»Ja, du mieser Schlammfischer«, entgegnete er. »In der Tasche war alles, was ich besitze. Ich bin kein reicher Mann.«

»Das ist übel«, sagte der Dieb, noch immer vorsichtig. Die Menge um sie herum begann, sich zu zerstreuen. Anscheinend war ihnen klar, dass die Schau gelaufen war. »Aber weißt du, es ist nicht so richtig schlau...«

»Was ist nicht schlau?« Pridias hatte nicht vor, sich von diesem Arschloch auch noch belehren zu lassen. Scheinbar machte sein Blick das deutlich, denn der Junge fuhr etwas zurück.

»Bleib locker«, sagte er beschwörend. »Ich will dir ja nichts!«

»Du hast mir meine ganze Habe geklaut!«

»Und du warst schnell. Mich hat noch nie jemand gekriegt.«

»Toll. Hat mir ja viel gebracht.«

»Mann, jetzt weißt du immerhin, dass du nicht alles Geld in eine Tasche packst und dann nicht drauf aufpasst!«

Das war zuviel. Bevor er sich wieder besinnen konnte, hatte Pridias' Faust noch einmal getroffen. Der Dieb fiel hintenüber, beide Hände vor dem Gesicht. Jetzt erst sah Pridias genauer hin, mit wem er es da zu tun hatte: Ein schmächtiger Junge, vielleicht vierzehn Jahre alt, kaum Fett auf den Rippen, nur spärlich bekleidet mit der Tunika der Polis. Ein Ausreißer vermutlich, in jedem Fall ziemlich wahrscheinlich ein armer Kerl, der wirklich keine Wahl hatte.

Mit einem Mal stachen ihn Gewissensbisse.

Er reichte dem Jungen die Hand. Zögerlich nahm er sie und ließ sich von Pridias in sitzende Position aufhelfen. »Nicht noch mal schlagen, ja?«

»Nein, ist okay. Du hast vermutlich auch Hunger.«

»Dauernd. Naineshos ist kein schöner Ort.«

»Wo kommst du her?«

Der Junge zuckte die Achseln. »Aus dem Süden«, sagte er vage.

»Aha«, meinte Pridias. Dann seufzte er. »Was mache ich denn jetzt?«

Der Junge zuckte wieder die Achseln. Krampfhaft versuchte er, sein blutverschmiertes Gesicht zu reinigen, machte aber alles nur noch schlimmer, indem er Straßendreck in das ganze Durcheinander mixte.

»Du brauchst Wasser«, stellte Pridias fest.

Der Junge nickte. »Da oben ist ein Brunnen.«

***

Der junge Dieb hatte kein Zuhause, keinen Besitz, keinen Zufluchtsort. Er lebte auf der Straße, seit seine Eltern gestorben waren. Sein Vater stammte aus dem fernsten Süden von Tjellas Inseln, aus Süd-Mithriad, und war über die Enge von Gobranti nach Naineshos ausgewandert, aus welchem Grund auch immer. Er war jung gestorben, und keines natürlichen Todes, soweit Pridias das verstand.

Er hatte Mitleid mit dem Jungen, der nicht einmal sein genaues Alter kannte und nichts besaß außer seiner Schnelligkeit und dem Kontakt zu der Gruppe von Dieben, die ihn zu ihrem Läufer gemacht hatten. Nur langsam wurde ihm bewusst, dass er sich nach dem Diebstahl jetzt in fast derselben Situation befand.

Das war ein erschreckender Gedanke, aber als er den Jungen nach Vrenjadin und Patrios il-Aksos fragte, wurde dieser mit einem Mal ganz bleich und rannte davon, ohne sich noch einmal umzusehen. Pridias blieb alleine am Brunnen zurück, blickte in die vorbeieilende Menge und fragte sich, wie er jetzt weitermachen sollte.

Zu allem Überfluss war er hungrig.

Der Hunger wurde zu seinem ständigen Begleiter in den folgenden beiden Tagen. Es war hart, ohne Geld an etwas Essbares zu kommen, und er wollte nicht betteln. Es gab ihm aber auch niemand eine Arbeit.

Für Langfristiges wollte er sich nicht bewerben, denn noch immer hoffte er darauf, einen Einstieg nach Vrenjadin zu finden, wenn er auch nicht die geringste Idee hatte, wie er das bewerkstelligen sollte.

Also behalf er sich, indem er einigen Händlern beim Tragen half und einem alten Restaurantbesitzer beim Aufräumen am Abend, wofür er Reste von den Tellern der Gäste erhielt und auf einem schmutzigen Stapel Stroh schlafen konnte – immerhin einigermaßen in Sicherheit vor Ratten und herumstreunenden Ganoven, die ihn in der vorigen Nacht auf den Straßen wach gehalten hatten.

Naineshos hatte nichts von der ruhigen Ordnung, die die Polis auf Tjellas Inseln sonst auszeichnete, selbst in gefährlichen Zeiten, wie Pridias sie in seinem jungen Leben ohnehin noch nicht erlebt hatte.

Als an seinem dritten Tag in Naineshos der Abend nahte, begann er ernsthaft darüber nachzudenken, diesen schmutzigen, gefährlichen Hort des Verbrechens wieder zu verlassen. Sicher würde er ein Schiff in den vielen Häfen der Stadt finden, mit dem er zurück in die Welt der Polis reisen konnte. Er konnte sogar durch das Nordtor verschwinden und sich zu Fuß auf den Weg machen. Vielleicht fand er neue Aufgaben im Norden der Inseln, so dass er nicht als geschlagener Verlierer an die Küsten der Faust zurückkehren musste?

Müde und entnervt kauerte er sich an das steinerne Geländer einer Brücke – es schien stabil, was man nicht von allen Brücken der Stadt sagen konnte, und tatsächlich hatte jemand viel Zeit darauf verwendet, es schön zu gestalten. Was schon erst recht nicht für alle anderen Brücken galt.

Mit leeren Augen beobachtete er die vorbeiziehende Menschenmenge. Niemand kümmerte sich um ihn, schon hatte er sich in einen der namenlosen Jungen verwandelt, wie sie hier zu Hunderten auf den Straßen herumstreunten. Trostlose Aussichten.

Er beobachtete einen älteren Herrn mit beeindruckendem Bart, in eine teure Toga gehüllt, dem Augenschein nach aus Seide. Er trug eine sperrige Kiste auf einer Schulter, was Pridias gelinde überraschte. Ein offensichtlich wohlhabender Mann, ohne jede Wache, inmitten einer Menschenmenge? Mit einem Kasten, der aussah, als sei sein Inhalt wertvoll? Das war erstaunlich.

Und es funktionierte auch nicht. Von der vorbeiziehenden Menge wurde er gerempelt, von einigen Passanten offen angestarrt. Die Schweißtropfen auf seiner Stirn kamen nicht von ungefähr. Das Unglück war absehbar und nur eine Frage der Zeit.

Etwa in der Mitte des Brückenbogens geriet der Mann ins Stolpern und fing sich nur ungeschickt am Geländer ab. Sein so mühsam transportierter Schatz geriet ins Trudeln, und während er verzweifelt versuchte, noch etwas zu retten, verlor er die

Balance und die Kiste fiel vornüber. Mit lautem Klatschen schlug sie auf der Wasseroberfläche unter der Brücke auf.

Der Mann starrte hinterher, Verzweiflung in sein Gesicht geschrieben. Seine Lippen formten Worte, die Pridias nicht hören konnte, aber doch zu verstehen glaubte. »Nein«, keuchte der Mann. »Nein, nein, nein! Bei allen Träumen und den Göttern der Insel! Nein!«

Nur einen kurzen Moment hatte er Mitleid, bevor er feststellte, dass dieser Kerl dort garantiert Geld hatte und er wohl trotz verlorener Kiste genug zu Essen haben würde. Dann gesellte sich ein weiterer Gedanke dazu: Das hier war eine Chance.

Er sprang auf, die Passanten nicht beachtend, die sich von seiner plötzlichen Bewegung gestört fühlten oder ihm in den Weg kamen. Ohne große Rücksicht bahnte er sich seinen Weg durch die Menschen, hinüber zur anderen Seite der Brücke, und stellte sich neben den noch immer jammernden Mann.

»Ich kann die Kiste hochholen«, behauptete er. Dabei war er sich dessen gar nicht völlig sicher. Er hatte keine Ahnung, wie tief das Wasser unter dem Bogen war, ob es vielleicht zu trübe sein würde, um wirklich etwas zu sehen, und ob es dort Untiefen oder Spalten gab, die ihn daran hindern würden, die Kiste zu finden. Das spielte allerdings wirklich keine Rolle. Er hatte Hunger.

Das Gejammer brach ab. »Wie willst du das machen, Junge?« Er hörte die Skepsis und sah die fallenden Mundwinkel genauso wie die hochgezogenen Augenbrauen.

»Ich bin ein guter Taucher.«

»Du kannst hier nicht tauchen!«

»Na, und ob. Ich habe schon schwierigere Aufgaben gemeistert.« Pridias wusste, dass diese Prahlerei nicht seine Art war. Aber er hatte *wirklich* Hunger.

»Du verstehst nicht, Junge. Aber ich sehe schon, Du bist nicht aus der Stadt, oder?«

Pridias schüttelte den Kopf. »Nicht aus dieser«, entgegnete

er. Er wollte nicht länger diskutieren. Wenn er die Kiste nach oben holte und der Mann sie in Sichtweite hatte, würde es einfacher sein, über einen Preis zu verhandeln.

Er spähte hinunter. Das Wasser war erstaunlich klar, bedachte man, wie groß die Stadt um die Bucht herum war und wie viel Schmutz sie ins Meer einleitete. Es war tief genug, um von der Brücke hineinzuspringen, was Zeit sparte – er hoffte nur, dass es nicht *zu* tief sein würde. Er wusste wohl, dass es kaum möglich war, die Kiste nach oben zu bringen, falls sie zu tief unten lag. Schon, weil die Kräfte nach langem Tauchen nicht ausreichen mochten.

Er streifte die Tunika ab und hängte sie über das Brückengeländer. Hoffentlich würde niemand das Kleidungsstück stehlen – es war das Letzte, was von seinem Besitz noch übrig war – aber dann wiederum war es auch irgendwie egal.

Der Mann fasste seinen Arm. »Nein, Junge. Ernsthaft. Du kannst hier nicht tauchen.«

Pridias hörte nicht zu. Er setzte einen Fuß auf die Brüstung, dann sprang er elegant hinunter in die Bucht.

***

Dass er niemanden in Naineshos hatte schwimmen sehen, war ihm als logische Folge des Schmutzes vorgekommen, der das Wasser in der Bucht dominieren musste, ging man vom Rest der Stadt aus. Doch das Wasser war erstaunlich sauber.

So sehr, dass Pridias erstaunt war, wie nicht schon vom Ufer sichtbar sein konnte, was sich hier unten verbarg. Nur wenige Meter unter der Oberfläche lag eine zweite Stadt, auch wenn sie nicht aussah wie die an den Ufern der Bucht. Zum Einen war sie dafür viel zu aufgeräumt, zum anderen viel zu fremdartig.

Die Gebäude schienen weniger gebaut als vielmehr gewachsen zu sein, es gab keine Zäune, Mauern oder sonstige Abgrenzungen zwischen einzelnen Häusern, und soweit Pridias es zu beurteilen vermochte, lagen die Eingänge auf den Dächern; jedenfalls dort, wo Menschen ein Dach vermutet hätten. Unter diesen – manche geschwungen, manche geschmückt, manche nach oben hin gerundet oder in Form einer Welle der Strömung nachempfunden – reichten Wände zum Boden der Bucht. Die Konturen der Gebäude waren dabei sauber und gerade, wie gemeißelt, und doch bestanden die Wände nicht aus Stein. Form und Farbe ließen Pridias vermuten, dass es sich um Korallen handelte, auch wenn er nie zuvor gesehen hatte, dass die so symmetrisch und ordentlich gewachsen wären.

Auch hier unten gab es Straßen und Brücken, wenngleich Pridias sich fragte, welchen Sinn die wohl haben mochten, bedachte man, dass die Erbauer all dieser Pracht sich unter Wasser ja eher schwimmend bewegten. Oder etwa nicht?

Er konnte das nicht feststellen, denn er sah keinen von ihnen. Es gab Fische hier, seine auf Salzwasser geschulten Augen erblickten wandernde Krebse, Wasserpflanzen, die sich im Wasser wiegten, Muscheln, Seeigel und Seesterne... aber keinen Nainesher. Er war sich ganz sicher, dass dies die Häuser dieser Wasseratmer waren, und eigentlich war das auch nicht überraschend. Naineshos war ihre Stadt. Die Menschen waren hier nur geduldet, und natürlich war das auch der Grund, warum der Mann auf der Brücke so darauf bestanden hatte, dass Tauchen hier nicht möglich sei.

Eine eiskalte Hand griff nach seinem Herzen. Ein Tabu. Er hatte ein Tabu gebrochen, vielleicht sogar ein offenes Verbot, das die Nainesher den Bewohnern ihrer Stadt auferlegt hatten. Es war gut möglich, dass er sich hier in Gefahr befand.

Dann sah er die Kiste. Wie lange war er jetzt hier? Er hatte nicht das Gefühl, in Atemnot zu sein – auch wenn er sich vor dem Absprung nicht die Zeit zu sorgfältiger Vorbereitung genommen hatte, wie man es ihm eigentlich beigebracht hatte. Auch wenn er Zeit verloren hatte durch sein Staunen über diese Unterwasserwelt... er konnte die Kiste gemütlich greifen und zur Oberfläche bringen. Tatsächlich lag sie sogar sehr günstig, in Ufernähe. Kein Problem.

Mit beherzten Zügen schwamm er hinüber und griff zu, hocherfreut, als er spürte, dass der Kasten kaum etwas wog. Sein Herz sank ein wenig, als ihm bewusst wurde, dass das vielleicht bedeutete, das Papier darin war, das jetzt schon wertlos sein würde. Aber natürlich war der Gedanke unsinnig. Ganz im Gegenteil: die Kiste war wohl nur deswegen leicht, weil sie wasserdicht war und sich noch viel Luft darin befand.

Egal wie, er hatte Glück gehabt.

Eine Hand schloss sich um sein Fußgelenk. Sie war kühl, nicht kalt, und fühlte sich beinahe trocken an, was unter Wasser natürlich unmöglich war. Ihr Griff war nicht hart, sondern fest und entschlossen. Die Zugrichtung war unmissverständlich: Nach unten. Pridias blickte sich um, die Kiste entglitt ihm, als er zweier Nainesher unter sich gewahr wurde.

Er erschrak fürchterlich, und fast hätte er das salzige, in seinen Augen brennende Meerwasser eingeatmet. Die beiden sahen zum Fürchten aus, auf eine bizarr verschobene Art nicht menschlich, obwohl doch eigentlich alles vorhanden war, das auch einen Menschen auszeichnete. Nur die Arme waren zu lang, die Körper zu dünn, die Nase viel zu breit, die Lippen zu schmal und seltsam gewölbt, die Haare wirkten lappig und die Hände unförmig.

Am schlimmsten aber war ihre Haut; wie bei Fischen war sie schuppig, und sie änderte ihre *Farbe*... in den wenigen Augenblicken, die Pridias brauchte, um die Überraschung zu verdauen, mindestens sechs Mal.

Die Hand, die sich um seinen Fuß gelegt hatte, war trotz des scheinbar fragilen Körperbaus ihres Besitzers kräftig – und sie zog ihn weiter nach unten. Das war schlimm, denn Pridias brauchte, anders als die beiden gruseligen Wasseratmer, Luft zum Überleben. Andererseits verschaffte gerade dieser Zug ihm wieder einen klaren Kopf, denn genau das war es, wofür man ihn in den letzten Jahren ausgebildet hatte.

Pridias war Wasserkämpfer, Taucher und Schwimmer, und Auseinandersetzungen ohne Atemluft waren Teil seines täglichen Trainings. Um sie bestehen zu können, war nichts wichtiger als die Überwindung der Angst vor dem Ertrinken, und so war der Versuch, ihn ins tiefere Wasser zu ziehen, für ihn nicht ungewohnt.

Er tat, was er gelernt hatte. Er gab nach, ließ sich ziehen, und das überraschte seinen Gegner, der mit Widerstand gerechnet hatte. Den bekam er auch. Kaum war Pridias nah genug heran, rollte er sich zu einer Kugel und brachte seinen Gegner damit aus dem Gleichgewicht. Das klappte sogar besser, als er es aus dem Training mit menschlichen Gegnern gewohnt war, denn diese schwammen, während der Wasseratmer auf irgendeine undefinierbare Weise tatsächlich auf dem Meeresboden *stand*.

Pridias konnte sich um den ihn haltenden Arm zusammenfalten, nahm trotz der Trägheit des Wassers Geschwindigkeit auf und griff mit seiner linken Hand zu, während er die rechte nach vorne schob. Der ihn haltende Wasseratmer war verdutzt, taumelte vorwärts und auf Pridias´ vorschnellende Hand zu, die ihn mitten im Gesicht traf. Sein Griff löste sich, sein Kopf schlug nach hinten, Pridias stieß sich mit beiden Beinen kräftig ab und schwamm nach oben, bevor der andere Nainesher ihn zu greifen bekommen konnte.

Prustend durchbrach er die Wasseroberfläche und sog Luft in seine Lungen, wie er es geübt hatte, mehr aus- als einatmend, so dass möglichst viel Luft in seinen Körper gelangte. Schnell schätzte er seine Lage ein. Zu weit weg vom rettenden Ufer, als dass er darauf zählen konnte, ohne weitere Kämpfe zu entkommen. Es war davon auszugehen, dass die Wasserwesen schneller schwammen als ein Mensch. Es blieb ihm also nur die Auseinandersetzung – und die Hoffnung, dass nicht noch mehr von ihnen auftauchen und jede Flucht vereiteln würden. Er kam zu Atem, und noch immer war nichts passiert. Kurzentschlossen tauchte er wieder unter.

Keine Sekunde zu früh: Die beiden Nainesher waren ihm in Richtung Oberfläche gefolgt und unmittelbar hinter ihm. Sie hatten wohl erwartet, dass er wie jeder Mensch zu flüchten versuchen würde, statt zurückzukommen. Trotzdem reagierten sie nicht, was Pridias verwirrte. Vielleicht waren Nainesher generell langsamer im Denken? Unter Wasser verlief ja vieles in anderem Tempo als darüber. Er selbst jedenfalls *war* schnell, im Denken wie im Handeln. Er tauchte nach unten, zog einen der beiden an den Füßen mit sich und griff beherzt zwischen seine Beine; dahin, wo er bei Männern die empfindlichen Geschlechtsteile wusste, eine hervorragende Stelle für einen Angriff unter Wasser, wo die Bewegungen vom Widerstand des Wassers gebremst wurden und damit Schläge zu wenig Wirkung zeigten.

Zu seiner Freude schien das auch bei Naineshern eine schmerzhafte Stelle zu sein. Der von ihm Angegriffene rollte sich zusammen und seine Hautfarbe begann, stürmisch zu wechseln. So etwas hatte Pridias noch nie gesehen, aber er nahm sich nicht die Zeit, das Schauspiel zu betrachten, sondern zog die Knie an und stieß sich von seinem Gegner ab, mit soviel Kraft, dass dieser gegen seinen Begleiter prallte und diesen daran hinderte, Pridias nachzusetzen.

Erneut kam er nach oben, holte Luft und bereitete sich darauf vor, wieder unter Wasser zu gehen. Im Augenwinkel, unklar und verschwommen durch das Salzwasser und den plötzlichen Wechsel der Sichtverhältnisse, nahm er wahr, dass der Besitzer der Kiste noch immer oben an der Brücke stand. Auch andere Leute waren stehen geblieben. Wieviel mochte wohl von dort oben zu sehen sein von dem, was unter Wasser vor sich ging?

Er hatte genug Luft. Wendig wie ein Aal drehte er sich um und glitt wieder unter die Oberfläche. Trotz der Gefahr, in der er sich befand, fühlte er sich plötzlich großartig – nach all den Rückschlägen der letzten Tage war er endlich wieder in seinem Element, er konnte jeden Muskel seines Körpers spüren, und es war wundervoll, wie präzise all das funktionierte. Hier war er richtig, das war sein Leben.

Und seine Verfolger hatten aufgegeben. Er sah sie etwas weiter entfernt. Plötzlich gingen sie nicht mehr, sondern schwammen wie Delphine, mit schnellen, wellenförmigen Bewegungen. Es war beeindruckend zu sehen, wie sie dabei ihre Hände und Füße nutzten: Zwischen den überlangen Finger und Zehen spannten sich Schwimmhäute, die sie aufspreizten, um sich im Wasser abzudrücken, und dann schnell wieder zusammenklappten, um die Arme und Beine vor dem nächsten Schwimmstoß zurückzuziehen. Er beneidete sie um die mühelose Eleganz, mit der sie sich bewegten; auch wenn es ihn unter diesen Umständen noch viel mehr erstaunte, wie leicht es ihm gefallen war, sich gegen sie durchzusetzen, und wie schnell sie den Kampf aufgegeben hatten.

Doch wer wusste schon, wie schnell es gehen würde, bis sie mit Verstärkung zurück kamen? Er musste schnell aus dem Wasser.

Geistesgegenwärtig nahm er die Kiste doch noch mit.

***

»Was bei Feuer und Flut war da los?«

Der Besitzer der Kiste war zum Ufer geeilt, als er sah, dass Pridias es tatsächlich zurück an Land schaffen konnte. Seine teure Kleidung wallte hinter ihm, was albern aussah, aber von kaum jemandem bemerkt wurde – die Aufmerksamkeit der Schaulustigen richtete sich voll und ganz auf den jungen Taucher, der jetzt die Kiste auf festen Grund stellte und selbst hinterher krabbelte.

Etwas misstrauisch beäugte er die Wasseroberfläche. Zu einfach war der letzte Teil der Flucht gewesen, und er rechnete fest damit, einen der schillernden Nainesher-Köpfe auftauchen zu sehen, vielleicht gefolgt von Armen, in denen sich eine Harpune befand, deren spitzer Pfeil auf ihn zielte. Nichts dergleichen geschah. Er rappelte sich hoch und kletterte die Böschung hinauf.

»Da waren Wasseratmer«, sagte er dem Mann, der seine Kiste an sich drückte und ihm langsam folgte.

»So sah das aus von oben. Wie bist du denen entkommen?«

»Ich weiß es nicht. Mehr Glück als Verstand, vermutlich.«

Der Mann schaute skeptisch. »Soviel Glück kann ein Einzelner gar nicht haben.«

Das entlockte Pridias ein schnaubendes Lachen. »Da habe ich wohl in den letzten Tagen Kredit angehäuft. Seitdem ich in Naineshos angekommen bin, ist wirklich alles schiefgegangen.«

Der Mann nickte. »Es wird nicht besser werden, wenn du dich mit den Naineshern anlegst. Sie beherrschen diese Stadt, wenn sie denn überhaupt jemand beherrscht.«

»Ich dachte, sie kümmern sich nicht groß um das, was außerhalb des Meeres geschieht?«

»Auch das ist wahr.«

Mit diesen Worten stellte er seine Kiste ab und begann, in den Taschen seiner Gewänder zu suchen. »Hier«, sagte er und warf Pridias einen ledernen Geldbeutel zu. »Du hast mir vielleicht das Leben gerettet, und auch wenn ich nicht weiß, ob du dafür dein eigenes verwirkt hast... ich will dir nichts schuldig bleiben.«

Der Beutel wog schwer in Pridias´ Hand. Er konnte nicht glauben, dass sich soeben sein drängendstes Problem in Luft aufgelöst hatte, von jetzt auf gleich, ohne Vorwarnung.

»Danke.«

Der Mann nickte wieder. »Nichts zu danken. Das war verdammt tapfer, was du da gemacht hast. Und ziemlich dumm.«

***

Die Gästemischung im Schankraum um Pridias herum hätte er sich so noch vor wenigen Wochen niemals träumen lassen. Zunächst war es ihm kaum aufgefallen, weil der Hunger ihn endgültig überwältigt hatte, kaum dass er das Geld hatte, ihn auch tatsächlich zu stillen. Er war ins erste erreichbare Gasthaus gestürmt, eine offene Taverne nicht weit von der Brücke entfernt, von der er ins Wasser gesprungen war, die Wände einstmals weiß und jetzt grau von der Berührung vieler

Körper, über einem offenen Feuer im Hintergrund drehten sich Fleischstücke und verströmten einladende Gerüche, der Raum war angefüllt mit Menschen an Tischen, die sich unterhielten und zechten.

Es war nicht so sauber, wie es hätte sein können, aber es war auch keine der heruntergekommenen Kaschemmen, von denen Pridias in Naineshos genügend gesehen hatte. Für ihn war es mehr als gut genug, und alles wurde noch besser, als er seine Zähne tief in saftigen Bratenstücken vergraben konnte, serviert mit kross gebackenem Brot und verschiedenen rohen Gemüsen. Einen kurzen Augenblick brüllte der Hunger noch einmal auf. Dann kam er zum Schweigen.

Gierig trank Pridias große Schlucke aus einem irdenen Weinbecher. Auf einen Schlag wirkte die Welt wieder freundlicher. Unter seiner tastenden Hand wölbte sich der Beutel mit dem Rest des Geldes, der ihn über Wochen ernähren konnte, wenn er ihn sich nicht wieder klauen ließ.

Er lehnte sich zurück und entspannte. Jetzt konnte er planen, nicht mehr genötigt, über den nächsten Bissen Essen nachzudenken. Eine Unterkunft wäre der nächste Schritt.

»Nie wieder setze ich einen Fuß in diese Stadt«, drang eine tiefe, sonore Stimme in seine Gedanken. Er blickte sich um und stellte fest, dass sie zu einer gedrungenen Gestalt am Nebentisch gehörte. Breite Schultern, muskulöse Arme, lange Haare, die unter einer ledernen Kappe hervorquollen. Der Mann war auf seltsame Weise unförmig, aber nicht so, wie manche der Krüppel unförmig wirkten, die in den Straßen der Städte von Tjellas Inseln zu Hause waren. Ganz im Gegenteil strahlte er Kraft und Vitalität aus, die Pridias deutlich spürte, obwohl er den Mann nur von hinten sah.

»Ich sage euch, Männer, das ist ein Sündennest, dagegen sieht selbst Naineshos aus wie eine schmächtige Jungfrau!« verkündete er gerade.

»Na na, jetzt übertreibst du«, entgegnete eine andere Stimme.

»Kein bisschen«, beharrte der Erste. »Ich schwöre bei den

Göttern aller Berge, die Menschen in Boasp sind böse. Ihr berühmter Erfinder Telmi hat all sein Wissen gestohlen, die Wunder an der Mündung des Nevrizian stammen aus dem geheimen Wissen der Zwerge, und jetzt benutzen die Pfaffen aus Avenicum Dalor die Große Flut dazu, die Andersartigen aus den Städten der Menschen zu vertreiben. Diebstahl ist das, nichts als Diebstahl.«

»Der Zwerg hat Recht«, sagte eine andere Stimme, und jetzt war Pridias´ Neugier endgültig geweckt. Ein Zwerg. Natürlich. Der stämmige Kerl war ein Zwerg. Ein Andersartiger, wie man sie nur selten auf Tjellas Inseln sah, auch wenn sie auf dem Kontinent wohl noch ein ganz gewohnter Anblick waren. Oder auch nicht, wenn der Rest der Unterhaltung stimmte.

»Womit hat er Recht? Mit dem Diebstahl? Er soll nur nicht so tun, als hätten nur die Andersartigen Kultur!«

»Hat ja keiner gesagt. Aber die Pfaffen des Einen Gottes machen überall auf dem Kontinent Stimmung gegen Zwerge und Elben, obwohl die ohnehin immer weniger werden.«

»Werden sie das denn? Vielleicht verstecken sie sich nur?«

Der Zwerg ließ die Faust auf den Tisch fallen. »Quatsch! Wo sollen die sich denn alle verstecken? Das einzige nichtmenschliche Volk, dass sich derzeit vermehrt, sind die Drachen. Aber davon gab´s ja eh kaum noch welche.«

»Und die Nainesher«, sagte jemand anderes, mit Grabesstimme. Das brachte die Unterhaltung einen Augenblick zum Verstummen, was Pridias bemerkenswert fand. Der Einfluss der Nainesher in der nach ihnen benannten Stadt war undurchsichtig, und wie gefährlich sie sein konnten, hatte er ja heute selbst erlebt.

»Na, wir Zwerge sind jedenfalls keine Drachen und schon gar nicht Wasseratmer«, stellte der Zwerg fest. »Und die Große Flut haben wir auch nicht verursacht.«

»Wer weiß das schon? Zwergenmagie, Zwergenmechanik, es kommen genug gefährliche Dinge aus euren Bergen«, warf ein grauhaariger, faltiger Seemann ein und erntete einen warnenden

Blick aus mehreren Richtungen. Vermutlich war der Zwerg für Jähzorn bekannt.

»Na klar«, tönte ein anderer. »Was ihr den paar Zwergen und Elben nicht alles zutraut. Ist doch nur noch eine Handvoll übrig, und das war auch in der Ius Adjagard vor der Großen Flut nicht anders. Für mich gibt's keinen Grund, die Leute zu verfolgen.«

»Aber es passiert überall. In den Jungen Königreichen fließt das Blut von Andersartigen in Strömen. In Zentral-Isrogant toben Schlachten zwischen Gläubigen und Ungläubigen. Hat sich noch nicht mal von der Flut erholt, die Welt, und schon wird Krieg geführt wie in tausend Jahren Adjagard nicht!«

»Das wird noch schlimmer«, stellte der Seemann fest. »In Droni hat der König sich gerade zum Führer einer eigenen Religion ausgerufen.«

»Nicht nur da«, brummte der Zwerg. »Nicht nur da.«

Lautes Gepolter vom Eingang des Gastraums unterbrach die Erzählung, zu der er sicherlich ansetzen wollte. Um Pridias herum wurde es plötzlich leise, als die Köpfe sich zur Tür drehten, wo ein bärtiger, langhaariger Mann sich so erschöpft an der Wand festhielt, als sei er durch die Flammenhölle Raftjas gewandert. Er trug dicke Kleidung aus Stoffen, wie sie im Norden des Kontinents üblich waren, und wirkte damit heillos deplatziert in der nächtlichen Hitze von Naineshos.

Müde Augen glitten über Menschen (und Andersartige) im Raum und blieben an Pridias hängen, der gerade einen Bissen tropfenden Fleisches zum Mund führte und in der Bewegung erstarrte, als er den Blick des Nordmanns spürte.

»Du«, sagte der Neuankömmling, einen Finger auf Pridias richtend. »Du. Komm mit.«

»Ich?«

»Ja. Du. Red nicht, komm mit.«

Es war etwas sehr Bestimmtes im Auftreten des Fremden, und Pridias spürte, wie sich die Aufmerksamkeit im Raum auf ihn richtete. Das ertrug er nicht, nicht nach diesen Tagen.

Seufzend erhob er sich und kletterte aus seiner Bank, mit entschuldigendem Lächeln zu den anderen Gästen, deren Blicke in seinem Rücken brannten, bis er endlich die Tür der Gaststätte hinter sich zuschlagen konnte.

***

»Tut mir leid, Junge«, empfing ihn der Nordmann, der am Straßenrand vor der Tür wartete. Sein Unterton irritierte Pridias noch mehr als die plötzliche Dunkelheit der Umgebung nach dem Wechsel aus dem erleuchteten Gastraum.

»Was tut dir leid?« fragte er leise, die Muskeln gespannt in Erwartung eines Angriffs.

»Na, dich von deinem Essen wegzuholen. Die Geier da drin lassen sicher nichts davon übrig, jetzt. Ich mein´, wo du auf den Teller nicht mehr aufpasst.«

Das Bedauern schien ernst gemeint, und Pridias lockerte sich ein wenig.

»Aber du musst dich auch in Probleme gebracht haben, Mann!«

Mit einem Seufzen entgegnete Pridias: »Immerzu. Seit ich in Naineshos bin, nur Probleme. Nun sag schon, was ist es diesmal?«

Der Nordmann beugte sich ein wenig herüber, eine Wolke schalen Schweißgeruchs entströmte seiner viel zu warmen Kleidung. »Nainesher«, flüsterte er.

Pridias zog die Augenbrauen hoch. »Nainesher?«

»Ja, Mann! Ich wollte eben mit meiner Schalupe zurück zu meinem Schiff, drüben in der Hargwarch-Bucht. Hatte ne kleine Zechtour, weißt du, wenn man schon mal hier ist, in der Stadt der Sünde und so... naja.«

Ein Seefahrer auf Landgang. In Ordnung, soweit verstand Pridias, was hier vorging. Aber wo kamen die Nainesher in dieser Geschichte vor?

»Ich komm also so zu meiner Schalupe und frage mich, ob ich wohl zu blau bin zum Rudern und besser erst was schlafe und ob mich die Ratten wohl schlafen lassen... und denk mir so: Es gibt verflucht wenige Ratten in Naineshos, und die Ufer sind ganz schön sauber, wenn man bedenkt, was in anderen Hafenstädten so an Dreck rumschwimmt... ich mein, ich war vor ein paar Wochen noch in Rinjapur, und Junge, das ist ein Drecksloch, bei allen Träumen! Was wollt ich sagen?«

»Du wolltest mir sagen, warum du mich aus der Kneipe geholt hast«, half Pridias. Sein Gefühl von Bedrohung war mittlerweile fast völlig verschwunden, nur das Wort *Nainesher* hatte noch einen dumpfen Nachklang für ihn. Und die Frage, warum der Auftritt des Mannes so dramatisch hatte sein müssen.

»Ah ja. Da unten, an der Schalupe, da standen sie plötzlich. Kaum zu glauben, wahnsinnige Kerls, die Haut ganz bunt leuchtend, obwohl es doch so dunkel ist. Und sie sprechen astreines Isrogant zu mir. Nun, bisschen komisch klingt es schon, aber es ist doch verständlich. Ich mein´, wusstest du, dass die Wasserkerls wirklich sprechen können?«

»Nein«, antwortete Pridias. »Was haben sie gesagt?«

»Ich soll den Typen aus dem Gasthaus holen. Den Jungen mit den wenigen Klamotten, fast ohne Gepäck. Na, sie haben´s anders ausgedrückt, irgendwie gestelzt, aber das war´s. Und ich frag´ so: Was passiert, wenn ich das nicht tue? Und sie kucken nur so, dass mir klar war, dass das eine beschissene Entscheidung wäre für´n alten Seehasen wie mich, wo sie doch im Wasser leben und überall an den Küsten sind und so. Zumindest hab ich das so verstanden, wie sie gekuckt haben, weißt du?«

»Und nach der Beschreibung hast du mich erkannt?«

Dafür erntete er einen schrägen Blick. In Ordnung, vermutlich war er nach dieser Beschreibung wirklich nicht so schwer zu entdecken gewesen.

»Alles klar«, stellte er fest. »Wo sind sie?«

Der Nordmann deutete mit dem Finger zu einer Treppe, die hinunter ans Ufer der Bucht führte. Pridias gönnte sich einen

Moment des Nachdenkens – war das sinnvoll? Wollte er wirklich noch eine Begegnung mit den Wasseratmern, vor allem in seinem derzeitigen Zustand; übermüdet, angegriffen, und jetzt auch noch übervoll mit fettigem Essen?

Der Mann nahm ihm die Entscheidung ab, indem er voran ging.

***

Es waren drei von ihnen, und ihre Körper schillerten tatsächlich in allen Farben. Die Schwimmhäute an ihren Füßen und Händen hingen schlaff herunter, ebenso ihre Wangen. Pridias hatte keine Ahnung, wie die Nainesher hier an Land atmeten. Vielleicht waren sie einfach nur gut im Luft anhalten, so wie er selbst, nur erschien ihm das nicht wahrscheinlich, wenn er die Länge der Wartezeit bedachte.

Aber ganz abgesehen davon, wie sie es schafften, nicht zu ersticken, wirkten die drei Gestalten reichlich eindrucksvoll. Ihre riesigen Augen waren erwartungsvoll auf Pridias gerichtet, musterten ihn von oben bis unten, bis einer von ihnen sprach. Unverständliche Klicklaute, begleitet von Farbwechseln seiner Haut. Das klang alles andere als verständlich, und Pridias fragte sich ernsthaft, wie betrunken der Nordmann wirklich wahr und ob er vielleicht gar nicht richtig verstanden hatte, was die Wasseratmer von ihm wollten.

Leider erwies sich das als Irrtum, denn jetzt sprach ein anderer, und tatsächlich benutzte er das auf dem Kontinent übliche Isrogant.

»Wie heißt du, Junge?« fragte er.

Pridias schluckte und überlegte einen Augenblick, die Unwahrheit zu sagen. Doch dann nannte er Namen und Herkunft, wie ein braves Kind es schon in der Schule lernte.

Die Antwort war neuerliches Klicken und Farbenwechseln bei allen dreien, bevor ihr Übersetzer wieder sprach: »Ephedis, sagst du?«

Pridias schüttelte den Kopf. »Dort war ich bei der Marine,

aber ich stamme von der Küste der Faust.«

»Und dort hast du tauchen gelernt?«

Wieder antwortete Pridias mit Kopfschütteln. »Dort habe ich angefangen damit. Eine echte Ausbildung habe ich in Ephedis bekommen. Die Marine dort hat gute Taucher.«

»Auch herausragende Kämpfer wie dich?«

»Ich hatte nie den Eindruck, besonders gut zu sein.«

Nach kurzem Klackern zu den anderen wandte sich der Übersetzer wieder ihm zu und fragte: »Warum bist du hier?«

Pridias zögerte ein wenig. »Ich habe eine Einladung bekommen...«, sagte er dann.

»Von il-Aksos?« Die Frage kam so schnell und unerwartet, dass er unwillkürlich nickte.

Kurze Zeit herrschte Schweigen, in dem Pridias nur das Atmen des Seemannes neben ihm hörte. Es klang gepresst und mühsam. Pridias fragte sich, warum. Hatte er schon vor der Erwähnung von il-Aksos so schwer geatmet? Wer machte ihm Angst – die Nainesher oder der Mann aus Vrenjadin?

Dann erklang die Stimme des Meeresatmers wieder. »Hör zu, Junge«, sagte er. »Dass il-Aksos dich haben will, zeichnet dich aus. Du bist als Taucher und Kämpfer ausgezeichnet. Das hast du auch uns bewiesen.«

Ein anderer Nainesher klackerte dazwischen, doch der Sprecher wehrte ihn mit einer unwirschen Bewegung ab, bevor er fortfuhr: »Du hast jetzt Lob gehört von uns, und du hast Lob von il-Aksos erhalten, indem er dich eingeladen hat. Darauf darfst du stolz sein.« Er holte rasselnd Luft, was die Frage beantwortete, ob die Meeresatmer Lungen zum Atmen an Land hatten. »Aber wenn wir dich für il-Aksos schwimmen sehen, kommst du nicht noch mal davon. Wenn du in Naineshos bleiben willst, wollen wir dich nicht in der Bucht tauchen sehen, und wir wollen deinen Namen nie in Verbindung mit il-Aksos hören. Und unsere Ohren sind überall. Hast du das verstanden?«

Wieder schluckte Pridias. Er nickte.

»Sag es, Junge. Hast du verstanden, dass du in den Wassern der Bucht nicht willkommen bist, und dass il-Aksos für dich den Tod bedeutet?«

»Verstanden«, antwortete Pridias mit belegter Stimme.

»Das ist gut.«

Damit drehte der Nainesher sich um und verschwand im Meer. Seine beiden Begleiter taten es ihm nach. Pridias blieb ratlos zurück. Sie hatten ihm das Meer in Naineshos verboten – und seine Pläne zerschlagen. Was sollte er jetzt tun?

»Feuer und Flut«, sprach der Nordmann in seine Gedanken. »Da bist Du noch einmal glimpflich davon gekommen.«

Vermutlich hatte er Recht.

***

Eine unruhige Nacht lag hinter ihm. Zum einen, weil er nach der unheimlichen Begegnung des Vorabends nicht wirklich gut hatte schlafen können, zum anderen, weil Naineshos einfach generell kein guter Ort war, um auf der Straße zu übernachten.

Er hatte einen Platz gefunden, nahe an einem belebten Markt in einem Park, der nicht zu verschmutzt war, und nicht zu abgelegen. Um den Ratten zu entgehen, war er auf einen Baum geklettert und hatte es sich in einer Astgabelung gemütlich gemacht. Viele Bäume in Naineshos waren gewaltig und ausladend, und Pridias war nicht der Einzige, der hier nächtigte.

Am Morgen wachte er mit grollendem Hunger auf. Zu allem Überfluss zerriss er beim Herunterklettern aus seiner Schlafstatt seine Tunika. Der neue Tag fand ihn mit hängendem Kopf – und das, obwohl er am Abend zuvor noch so positiv in die Zukunft geschaut hatte. Jetzt wurde ihm klar, wie sinnlos die Reise nach Naineshos war, wenn sein potenzieller Arbeitgeber ihm verboten war und er seine eigentlichen Fähigkeiten in der Stadt nicht nutzen konnte.

Es ging ihm durch den Kopf, die Drohungen der Wasseratmer einfach zu ignorieren, aber das wiederum fühlte sich auch nicht gut an, und so verdrängte er die Idee sofort.

»Ich brauch´ was zu essen«, sagte er sich, und das gab ihm etwas von der guten Laune des Vortages zurück. Immerhin konnte er sich jetzt leisten, seinen Magen zu füllen. Und war das nicht schon ein echter Fortschritt?

Er streckte und dehnte sich ein wenig am Fuß seines Schlafbaumes, die vorüberziehende Menge musternd. Sie bewegte sich eindeutig bergab, der Straße folgend, in Richtung Markt, und war das nicht folgerichtig? Mit einem Blick auf den langen Riss in seiner Tunika stellte er fest, dass er unbedingt Nadel und Faden brauchte. Aber erst etwas zu Essen.

***

Die Verkäuferin, von der Pridias die duftende Pita voller Leckereien entgegennahm, war hinreißend. Lange, krause Haare, die ihr ins Gesicht fielen, aus dem sie ihn mit Augen betrachtete, die zwar dunkel, aber dennoch feurig waren. Ihre Kleidung war teuer, eigentlich zu teuer für ein Marktmädchen, und dennoch knapp. Sie lenkte den Blick auf den Ansatz fester, kleiner Brüste und betonte schlanke Arme. Hinter dem Verkaufstisch konnte er nicht sehen, ob ihr Gesäß das Versprechen einhielt, das ihr Oberkörper machte, aber seine Fantasie zeichnete ihm ein lebhaftes Bild.

Bei allen Träumen, er sollte sich weniger mit den örtlichen Unterweltbossen und den kriegerischen Lebewesen unter der Wasseroberfläche beschäftigen, und mehr mit den weiblichen Bewohnern der Stadt.

Als er die Pita bezahlte, lächelte sie ihn so strahlend an, dass er spontan errötete.

»Neu hier?« fragte sie, was ihn überrumpelte.

»Ääääh«, machte er. »Ja, ja, ganz neu.«

»Siehst aus, als könntest du gut anpacken«, sagte sie.

Fast hätte er die Pita fallen gelassen, weil er das missverstand. Dann ging ihm auf, dass sie vermutlich meinte, dass er hart arbeiten konnte. »Ich war Soldat«, antwortete er schließlich. »Ich bin ganz gut in Form. Nur sehr hungrig.«

Er hoffte, dass das genug Erklärung dafür war, dass er herzhaft in die Pita biss. In Wirklichkeit wollte er nur etwas weniger hilflos wirken und nahm an, dass ihm das kauend gelingen würde.

»Sieht man«, sagte sie. »Dass du hungrig bist, meine ich. Willst du in Naineshos bleiben? Brauchst du Arbeit?«

Abbeißen, kauen. Unter keinen Umständen anmerken lassen, wie sehr sie ihn verwirrte. Wollte er in Naineshos bleiben? Er hatte schon angefangen, sich mit der baldigen Abreise abzufinden. Aber von was für einer Arbeit sprach das Mädchen? Er wollte ganz sicher nicht als Packer für einen Markthändler enden, dafür hatte er nicht all die Jahre trainiert. Trotzdem war sie sehr süß, und er wollte auch nicht sofort weitergehen.

Geduldig wartete sie auf seine Antwort, und ihr Lächeln wurde nicht einen Hauch schmaler. Er schluckte den Bissen herunter. »Ganz ehrlich. Ich habe keine Ahnung, wo ich jetzt hin soll. Meine Pläne sind alle zerronnen wie ein Traum am Morgen.«

»Das klingt traurig.«

»Wie man´s nimmt. Jetzt bin ich hier. Und das Essen ist toll.« Sie musterte ihn.

»Warte einen Moment«, sagte sie. »Pass auf den Stand auf. Und wehe, du lässt mich im Stich.« Sie wandte sich ab, dann drehte sie sich noch einmal um. »Den Stand, meine ich. Lass die Sachen nicht im Stich. Ich bin sofort wieder da.«

***

Für Pridias´ Geschmack geschah in den folgenden Stunden zu viel, und vor allem in zu schneller Folge. Er verlor den Überblick, und er fand sich hin- und her gerissen zwischen plötzlichen Freundlichkeiten, mit denen er überschüttet wurde... und dem Preis, den zu zahlen von ihm dafür erwartet wurde.

Gehorsam war er am Stand des Mädchens stehengeblieben, hatte seine Pita zu Ende gekaut und gewartet, während die

Menge an ihm vorüber zog und er ab und an mit dem Kopf schütteln musste, wenn ein Passant stehen blieb, um etwas zu kaufen. Dann war sie zurück gekommen, aber nicht alleine, sondern in Begleitung eines älteren Herrn mit grauem Bart, der in allem das Musterbild eines erfolgreichen Geschäftsmann zu sein schien. Joviale Art, freundlich-fester Händedruck, tiefe Stimme, einnehmendes Lachen, und unter allem eine entscheidungsfreudige Härte.

Er stellte sich als Petrikles vor und erklärte, dass er in diesem Viertel einer der wichtigsten Straßenhändler sei, dem viele Stände ringsum gehörten, und die junge Dame seine Tochter Lysia, ein entzückendes Mädchen, die nicht nur wunderschön, sondern auch sehr arbeitsam sei und ein gutes Auge für brauchbare Kerle habe, die kräftig schaffen und deswegen auch gut verdienen könnten.

Er untermalte das mit einem Grinsen, nicht weniger strahlend als das seiner Tochter. Pridias fühlte sich sofort gefangen, im positiven Sinne. Dieser Familie konnte man nichts ausschlagen, und so nahm er die Einladung zum Abendessen an.

»Gut, mein Sohn«, brummte Petrikles und klopfte ihm wohlwollend auf die Schulter. »Dann werde ich mein Frauchen bitten, anständig zu kochen, damit du nicht vom Fleisch fällst. Und bis dahin, falls du magst, kannst du dir schon ein bisschen Geld dazu verdienen. Gleich hier unten in der Bucht liegt ein Schiff, das entladen werden muss, und wir können jede Hand gebrauchen.«

So fand Pridias sich malochend unter der heißen Sonne eines strahlenden Sommertages, umgeben von Hafenarbeitern, die weder so strahlend lächelten wir ihr Boss noch so wohlwollende Worte fanden, mit denen er sich aber dennoch auf Anhieb wohl fühlte. In den letzten Tagen war er seiner selbst immer unsicherer geworden. Hier hingegen gab es etwas zu tun, und es war etwas, wo er mithalten konnte. Die Arbeit war hart, aber nicht schlimmer als das Training in der Marine, und es tat ihm gut, gefordert zu werden. Die ruppige

Kameradschaft der Männer gefiel ihm, und als er sich gegen Abend zum Haus von Petrikles Familie aufmachte, hatte er bereits einige lose Freundschaften geknüpft.

Leider hielt der Abend nicht, was der Tag versprochen hatte.

***

»Ich muss mich entschuldigen. Das macht er öfter.« Lysia lehnt im Türrahmen, durch den ihr Vater eben so stürmisch den Raum verlassen hatte.

»Was meinst du? Sich zu Fremden ins Bett legen und ihnen in den Schritt greifen?« Pridias war durcheinander, er hatte sich so wohl gefühlt bei der Familie, und jetzt geschah so etwas. Er fühlte sich schmutzig, ihm war am ganzen Körper der Schweiß ausgebrochen, und seine Knöchel schmerzten, wo seine Faust Petrikles´ Kopf getroffen hatte. Er mochte sich gar nicht ausmalen, wie sich das in dessen Gesicht anfühlen mochte.

»Nein«, entgegnete Lysia. »Sich Streuner mit nach Hause bringen. Die meisten sind freundlicher zu ihm, nachdem er sie ein bisschen verwöhnt hat.«

»Streuner?« Der Begriff schockierte Pridias. So hatte er sich bislang nicht gesehen. Er war doch kein Straßenjunge!

»Na, stell dich nicht so an.« Lysia kam näher und setzte sich neben ihn auf das schmale Bett. »Du bist einer von Hunderten, die in Naineshos nach Arbeit suchen. Und deine Geschichte mit dem Wasserkämpfer, die habe ich Dir nicht wirklich abgenommen, bis ich eben gesehen habe, wie locker du mit meinem Vater fertiggeworden bist.«

»Das war überhaupt nicht locker«, protestierte Pridias. »Ich war ja total fassungslos, dass er so etwas plumpes versucht.«

Lysia lachte. »Du machst ein Theater! Was denkst du, wie viele Kerle mir jeden Tag an den Arsch fassen wollen!«

»Aber ich bin doch...« Pridias unterbrach sich, aber Lysia hatte gehört, was er nicht ausgesprochen hatte.

»Du bist doch keine Frau, genau!« rief sie. »Für die ist das ja normal, aber für echte Kerle wie dich, da ist das ungewohnt.

Vielleicht ganz gut, dass mein alter Herr dich mal in die Realitäten eingeführt hat.«

Pridias zog es vor, zu schweigen. Sein Kopf kreiselte. Er wünschte sich, er hätte die Gastfreundschaft der Familie niemals angenommen, und es irritierte ihn, dass gerade die süße Lysia, die er selber so attraktiv gefunden hatte, jetzt mit ihm auf diese Weise sprach.

Wie schmutzig und verderbt war diese Stadt?

Sie ließ ihn eine Weile schweigen, zog ein Bein unter ihr Kinn und legte den Kopf darauf. Er schaute kurz hoch, nicht ohne zu bemerken, wie hinreißend sie aussah, in dieser Pose, mit dem weiten Nachthemd, in dem sie fast versank.

Sein Interesse entging ihr nicht. »Du hast an mich gedacht, oder?« sagte sie nach einer Weile. Ein keckes Grinsen glitt über ihr Gesicht.

»Was?« Jetzt war er noch verdatterter.

»Naja, du hättest lieber mich in deinem Bett gehabt als meinen alten Herrn.«

»Wie...? Was meinst du?«

Sie lachte laut auf. »Pridias, bei den Wassern des Geysirs, du bist hoffnungslos verloren, du bist ja naiv wie ein Kind!«

Dagegen hätte er sich gerne verwahrt, zumal er in ihren Augen nicht so dastehen wollte, doch die Erfahrungen der letzten Tage zeigten ihm, dass vermutlich etwas dran war. Er zuckte die Achseln.

Sie klopfte ihm auf die Schulter, eine fröhliche Bewegung. »Komm, mein Freund. Wir gehen einen Mitternachtsimbiss nehmen. Raus in die Stadt, unter Leute.«

»Jetzt?« fragte er überrascht.

»Oh ja, jetzt. Glaubst du, Naineshos schläft? Tag oder Nacht, die Straßen und Brücken der Stadt sind immer lebendig. Wasch dich vorher, du schaust aus, als bräuchtest du eine Erfrischung.« Sie zeigte auf ein Waschbecken an einer Wand des Gästezimmers. »Das Wasser kommt aus dem Kran da an der Wand. Ich weiß, in den Polis holt man sich das Wasser noch vom Brunnen, aber dieses Haus hier hat fließendes Wasser. Eines der vielen Wunder vom Kontinent.«

Pridias nickte. Sie fegte aus dem Raum. Über die Schulter rief sie zurück:»In fünf Minuten bin ich wieder da. Beeil dich!«

***

»Wado il-Aksos?« Lysia ließ den süßen Keks fallen, den sie gerade in der Hand hielt, und starrte Pridias ungläubig an. »Der Patrios Wado il-Aksos?«

Sie machte ihn verlegen. »Ja doch, ja«, sagte er, fast etwas kleinlaut. »Einer seiner Vertrauensleute hat mich bei den Schwimmwettbewerben in Laryngos angesprochen und mir ein Empfehlungsschreiben gegeben.«

»Ein Schreiben?« Lysia machte noch immer große Augen. »Ein kleines Stück Eichenholz, poliert, mit dem Siegel des Patrios?«

»Jaja!« bestätigte er, froh, dass sie ihm zu glauben schien. »Genau das, ein kleines Stück Holz, aber sehr edel.«

Sie pfiff leise durch die Zähne. »Du musst wirklich ein guter Schwimmer sein, wenn sie dir ein solches Siegelholz gegeben haben. Wo ist es?«

Er hob verzweifelt die Hände. »Es ist mir gestohlen worden, als ich vom Schiff ging. Zusammen mit all meinem Geld und den meisten meiner Habseligkeiten.«

»Flut und Verderben!« rief sie aus. »Du bist ein Pechvogel wie Fedjar, der Adjagare!«

»Den kenne ich nicht.«

»Dann bist du ein *ungebildeter* Pechvogel!« Ihre Stimme klang entrüstet. »Du kennst Fedjar wirklich nicht?«

»Nein«, sagte er, etwas gereizt. »Das ist bestimmt noch so etwas vom Kontinent, oder?«

»Ja, Fedjar war ein großer Recke, und außerdem ein hervorragender Meister des Letzten Vermächtnis. Es gibt viele Anekdoten über seine Szenarien. Er war ein großer Mann, der Großes leistete, aber immer an Kleinigkeiten scheiterte. Er hat

45

sich durch die Orkwachen gekämpft und ihren Anführer erschlagen, als sie vor Adjagard lagen. Später stürzte er über eine Obstkiste und brach sich das Handgelenk... Ein Pechvogel. So wie du.«

Pridias brummte und nahm einen Schluck von dem süßen Kaffee, den sie ihm bestellt hatte.

Sie saßen auf Bänken am Ufer eines kleinen Flusses, der wenige hundert Meter weiter in die Bucht von Nainos mündete, direkt unter einer Brücke. Die Bänke waren gut gefüllt mit Nachtschwärmern, erleuchtet von bunten Lampions und flackernden Fackeln. An einer hölzernen Theke gab es Kaffee, Tee und süße Kuchen. Niemand trank hier Alkohol oder nahm andere Rauschmittel, was Pridias nach seinen bisherigen Erfahrungen in Naineshos verwunderte.

Auf der anderen Seite des Flusses erhoben sich gewaltige Gebäude, auch sie hell erleuchtet, allerdings weniger belebt. Er sah nur vereinzelte Wachleute.

Lysia folgte seinem Blick.

»Botschaften«, sagte sie. »Die näher an der Bucht, mit dem großen Pier und den seltsamen Pagodendächern, die gibt es schon sehr lange. Sie gehört dem Reich der Elf Großen Stadtstaaten. Siehst du die beiden schlanken Segler am Kai? Kriegsschiffe aus Hji-Feng, einer Hafenstadt im Norden. Man sagt, die Marine von Hji-Feng ist eine der machtvollsten in ganz Isrogant.«

»Und Hji-Feng, was hat das mit der Botschaft zu tun?«

»Einer der Elf Großen Stadtstaaten.«

»Aha.« Pridias dachte darüber nach. Es musste so ähnlich sein wie die Polis auf Tjellas Inseln – sie lebten alle für sich, aber wenn ein Feind von außen kam, schlossen sie sich zusammen wie die Finger einer Faust. Er dachte ein wenig darüber nach, mit wachsendem Erstaunen, dass eine Stadt wie Naineshos auf Tjellas Inseln geduldet wurde. Die Polis hielten sich von den Geschehnissen auf dem Kontinent fern, die Inseln lebten für sich, und doch war hier ein Einfallstor für so viele

Gefahren... was sich in der Nainos-Bucht an militärischer Macht fremder Imperien sammelte, war kaum abzuschätzen.

Lysia deutete auf das nächste Gebäude. »Diese Gesandtschaft gehört auch einem Städtebund. Das Reich der Drei Mächte ist noch ganz neu. Nach allem, was man hört, ist es die aufstrebende Macht am Fryyywan-Mittelmeer. Viele fanden es etwas seltsam, dass das Reich der Drei seine Botschaft direkt neben dem Reich der Elf errichtet, aber es ist wohl nur ein Zufall.«

Sie griff nach einem Keks. »Ein besonders schönes Detail ist, dass der Fürst von Dsita im Reich der Drei Mächte sehr stolz auf seine Soldaten ist, die er Dsitaren nennt. Elitetruppen, sehr diszipliniert. Als Vorbild nennt er die Dandereden, an denen er die Stärke seiner Krieger messen will. Die werden in Dan Dered ausgebildet, einer Stadt im Reich der Elf. Legendäre Krieger, viele von ihnen waren Adjagaren im Dienst des Geysirthrons, vor der Großen Flut.«

Pridias schwirrte der Kopf. Bislang war Adjagard für ihn nur eine ferne Legende gewesen, und die Große Flut hatte Tjellas Inseln kaum betroffen. Jetzt war er mit einem Mal ganz nah dran an Menschen, für die das alles Realität war.

Lysia fügte dem noch eine Facette hinzu, indem sie auf eine der Nachbarbänke zeigte. Eine Gruppe von Männern saß dort, ins Gespräch vertieft. Sie alle waren verhältnismäßig klein gewachsen und in weite Kleidung gehüllt, ein wenig wie die pludrigen Hosen, die Lysia im Augenblick trug. Am auffallendsten aber waren ihre Augen: Sie waren nicht rund, wie bei den meisten Menschen, die Pridias bislang in seinem Leben getroffen hatte, sondern mandelförmig.

Die lebhafte Art, in der die Männer miteinander sprachen, ihr eher kleiner Wuchs und ihre Kleidung ließ sie harmlos erscheinen – wenn man von den beeindruckenden Schwertern absah, die jeder von ihnen bei sich hatte. Einige hatten die Klingen an die Bank gelehnt, einige hielten sie über die Beine gelegt auf ihrem Schoß, aber jeder von ihnen hatte das Schwert in Griffweite, als gehöre es irgendwie zu seinem Körper.

»Dandereden«, stellte Lysia fest. »Manchmal sieht man hier auch Dsitaren, aber selten um diese Uhrzeit. Sie treten viel martialischer auf, ich glaube aber nicht, dass sie gefährlicher sind als diese kleinen Kerlchen dort.«

»Diese kleinen Kerlchen...« echote Pridias. Er fragte sich, welche Kenntnisse diese Menschen besaßen, was in ihren Köpfen vor sich ging, wie sie so nahe bei ihm saßen, und doch so unendlich weit entfernt einer anderen Welt entstammten. Der Moment erinnerte ihn an den Abend in der Gaststätte, als er kaum hatte fassen können, dass er neben einem leibhaftigen Zwerg saß. War das wirklich erst einen Tag her? Die Dinge entwickelten sich wirklich zu schnell.

Wie groß war Isrogant eigentlich, und wie verschieden von der Inselwelt Tjellas, die seine Sicht des Lebens so lange geprägt hatte?

»Und was machst du jetzt?« fragte Lysia.

Ein abrupter Themenwechsel, wieder etwas, das ihm zu schnell kam.

»Was?« fragte er.

»Wie geht's weiter? Wenn die Nacht vorbei ist?« Ihr Blick war intensiv, sie schaute so interessiert, dass er sich mit einem mal unter Druck gesetzt fühlte.

»Ich dachte...«, begann er, aber dann unterbrach er sich, weil er eigentlich keine Idee hatte.

Sein Schweigen gefiel ihr nicht. Ihre eine Hand lag an der Kaffeetasse, ihre andere machte eine ungeduldige Bewegung. Ihre Augen nagelten ihn fest.

Er seufzte. »Ich habe darüber nachgedacht, den Dieb zu finden. Ihm meine Sachen wieder abzunehmen.«

Sie öffnete den Mund zu einem lautlosen »Oh«, dann fragte sie: »In Naineshos?«

Er musste lachen. »Genau. In Naineshos. Nicht den Hauch einer Chance, das habe ich mittlerweile auch gemerkt.«

Lysia zuckte die Achseln. »Ich weiß nicht, wenn du irgendwelche Anhaltspunkte hast, wo man die Suche beginnen könnte... aber es scheint, der Mann kam vorbei und verschwand, und du hast ihn kaum gesehen. Das wird schwer.«

Pridias nickte. »Es war nicht mal ein Mann. Nur ein Junge. Aber im Grunde sehe ich das genau wie du.«

»Weißt Du«, sagte Lysia, »Du kannst natürlich versuchen, an den Patrios selbst heranzukommen. Das ist nur ziemlich....«

Er wartete eine Weile, dass sie den Satz beendete, und als sie das nicht tat, hakte er nach: »Was ist das? Schwierig?«

»Nein. Es ist gefährlich. Die meisten Menschen sind froh, wenn sie nichts mit ihm zu tun haben. Seine Nähe zu suchen ist etwas.... ungewöhnlich.«

»Ah.« Er grübelte kurz darüber. »Weißt Du, ich denke, das hat ohnehin keinen Sinn. Es gibt da nämlich ein weiteres Problem.«

Eine kurze Weile starrte sie ihn mit offenem Mund an. »Sag mal, wie lang bist du schon hier? Hattest du nicht gesagt, es sind erst ein paar Tage?«

»Wie? Was meinst du?«

»Na, du hast dir einen Sack Schwierigkeiten aufgeladen... das ist gar nicht zu schaffen in der kurzen Zeit. Wie machst du sowas?«

Er seufzte. »Willst du die Geschichte hören, oder hast du genug und ich bin besser still?«

»Natürlich will ich sie hören, sei doch kein Depp!«

»Hm«, machte er und berichtete von seinem Tauchgang und seiner Begegnung mit den Wasseratmern. Sie hörte aufmerksam zu, aber ihre Augen richteten sich in die Ferne, und ihr Blick blieb auch dort, als er geendet hatte.

»Weißt du«, sagte sie nach einer Weile, »das ist nicht gut. Das heißt, du kannst hier nicht schwimmen. Und du kannst wirklich jeden Besuch bei il-Aksos vergessen.« Sie nahm einen Schluck Kaffee, verzog das Gesicht und kippte den Rest schwungvoll hinter sich in Richtung Fluss. »Aber weißt du, das wäre sowieso eine bescheuerte Idee gewesen. Total dämlich.«

Sie schaffte es auf hinreißende Weise, dass er sich wie ein

kompletter Idiot vorkam. Langsam, aber sicher machte ihn das etwas ärgerlich. »Das habe ich jetzt verstanden.«

»Gut.« Sie wackelte ein bisschen hin und her, steckte die Hände unter ihre Beine wie ein kleines Mädchen.

Er resignierte. »Ich könnte etwas Schlaf gebrauchen, denke ich«, sagte er. Seine Gedanken wanderten zu dem Baum, auf dem er die letzte Nacht verbracht hatte. Vielleicht war er noch frei.

»Du hast ja ein Bett bei uns«, stellte sie fest.

Er blickte unsicher. »Ich weiß nicht, ob ich deinem Vater so willkommen bin.« Er dachte kurz nach, dann setzte er hinzu: »Ich weiß auch nicht, ob ich mich da so wohl fühle.«

Sie schnaubte. »Jungs sind so weinerlich. Wenn Mädchen sich jedes mal so anstellen würden, sobald ein Mann aufdringlich wird...«

Pridias hob die Hände. »Das hast du mir schon einmal gesagt, aber es ändert nichts.«

Ihre Augen ruhten auf ihm, mit diesem intensiven Blick. Dann stand sie auf und griff nach seiner Hand. »Komm mit, Kerl. Ich werde dich vor meinem Vater beschützen.«

»Was?«

»Du schläfst in meinem Bett«, bestimmte sie. »Und es wird dich doch nicht stören, wenn *ich* dich belästige, oder?«

***

Die Sonne stand schon hoch am Himmel, als Pridias erwachte, und sofort stellte sich schlechtes Gewissen bei ihm ein. Zum Dienstethos der Marine gehörten frühes Aufstehen und das Verbergen von Müdigkeit, und außerdem war er nur Gast, und die Situation war auch noch prekär. Er setzte sich auf, seine Augen glitten über das Schlachtfeld, das sie hinterlassen hatten, und das machte das unangenehme Gefühl noch einen Hauch stärker.

Lysia war verschwunden, vermutlich auf dem Weg zur Arbeit, auch wenn ihm nicht ganz klar war, wie ihr Arbeitstag eigentlich aussah und was sie machte, wenn sie nicht am

Verkaufsstand auf dem Markt stand. Denn der konnte ja kaum ihr wirklicher Arbeitsplatz sein – es schien vielmehr, als habe Petrikles für solche niederen Dienste eine Menge Arbeiter.

Ihr Zimmer zeigte deutlich, dass sie kein Marktmädchen war: Die Wände rund um das gigantische Fenster waren ebenso bunt wie der Vorhang, der sich im Wind bauschte, der aus der Bucht ins Zimmer wehte; es gab Stapel von Büchern und Schriftrollen; ein großes, irdenes Waschbecken mit einem elegant geschwungenen Wasserhahn. Eine große, hölzerne Flöte stand an eine Wand gelehnt, der Boden war übersät mit Kleidungsstücken, das riesige Bett mit den vielen flauschigen Kissen und Decken vollkommen zerwühlt, was allerdings an der letzten Nacht lag.

Er atmete tief durch und genoss den Duft des Meeres, der erstaunlich rein von draußen herein drang, bedachte man die Größe der Stadt und den Schmutz ihrer Straßen. Diese Gerüche hatten ihn sein Leben lang begleitet. Es lag außerhalb seiner Vorstellungskraft, wie Menschen ihr ganzes Leben im Landesinneren verbringen konnten, weitab von der Küste mit ihrer Weite und dem Wasser mit seiner Tiefe.

In diesem Moment öffnete sich die Tür, stürmisch und mit lautem Krachen, und ließ noch ganz andere Düfte ins Zimmer strömen: dampfenden Kaffee, gebratenes Fleisch, frisches Brot. Pridias brauchte einen Augenblick, bevor er schnell die Decken zur Seite schob, damit Lysia das Tablett auf das Bett stellen konnte.

»So, mein Schätzchen«, sagte sie. »Futter.«

»Futter«, echote er. Jahre später würde er herausfinden, dass sie sich über seine Art, Worte von anderen zu zu wiederholen, köstlich amüsierte.

Jetzt war er nur fasziniert von ihren langen Beinen, die unter einem weißen Männerhemd hervorragten, das so bauschig war, dass es vermutlich ihrem Vater gehörte. Alles an ihnen schien perfekt, die Farbe der Haut, das Spiel der feinen Muskeln darunter, sogar die Form ihrer Füße. Als sie sich neben ihn auf's Bett legte, bäuchlings, die Haare wild ins Gesicht hängend, rutschte das Hemd nach oben und gab ihm den Blick auf ihren Hintern frei – klein, fest und einladend, ganz so wie in seinen Fantasien, als er sie das erste Mal am Marktstand gesehen hatte.

Weil sie seinen Blick bemerkte, begann sie zu lachen. »Pridias, es ist Frühstückszeit. Ich habe nicht Eier und Fleisch gebraten, damit Du sie kalt werden lässt, während Du mich vögelst.«

Das trieb ihm die Schamesröte ins Gesicht, und er nahm sich schnell ein Stück Brot.

»So ist gut«, lobte sie ihn. »Iss, damit was an dich rankommt.« Sie ließ ihren Finger über seinen nackten Oberkörper gleiten und fügte versonnen hinzu: »Aber besser auch nicht zu viel, ich mag solche Schwimmerkörper. Du bist in Form.«

Er lächelte zaghaft, kauend. Mit den ersten Bissen merkte er, wie ausgehungert er war. Er griff nach einer der dampfenden Kaffeetassen und nahm einen tiefen Schluck. Bitter, würzig, heiß, es war wunderbar. Doch gleichzeitig brachte es ihm zu Bewusstsein, wie weit er jenseits der Küste war... kein Land in Sicht. Keine Arbeit, keine Idee für die Zukunft.

Sie hatte seine Gedanken gelesen. »Ich habe mit meinem Vater gesprochen.«

»Was? Worüber?«

»Dass du hier bleiben wirst, bis wir etwas anderes gefunden haben. Und dass du bei mir zu Gast bist und er die Finger von dir lässt.« Sie nahm sich ein Stück Fleisch und schob es in den Mund. Der Anblick nahm ihn gefangen, ihre weißen Zähne, die kleine Zunge. »Es ist ihm sehr peinlich«, sagte sie kauend.

»Mir auch«, murmelte er, aber das brachte sie nur zum Lachen. Sie rollte auf den Rücken, was ihm neue Einblicke verschaffte, und streichelte ihm mit der Rückseite einer Hand über die Wange. »Ist doch ein lustiger Start. Und außerdem sorgt es dafür, dass du auf Monate hier unentgeltlich wohnen kannst, ohne dass er was sagt, vor lauter schlechtem Gewissen.«

»Das will ich ja überhaupt nicht!« protestierte er.

»Ich weiß.« Sie richtete sich auf und küsste ihn auf den Mund. Es gefiel ihm. »Und deswegen bist du mir noch willkommener. Aus dir wird was werden, ich habe das im Gespür.« Sie schaufelte etwas Ei auf einen hölzernen Löffel und fütterte ihn damit, den Kopf an seine Schulter gelehnt.

»Was denkst du? Lass uns nach dem Frühstück durch die Stadt schlendern und schauen, wo es Arbeit für dich gibt. Und dann sehen wir weiter.«

Pridias hatte das Gefühl, dass die Sonne an diesem Tag zum zweiten Mal aufging. »Wunderbar«, sagte er. Jetzt war er sogar noch hungriger.

***

Waren die überfüllten Seitengassen und breiten Prachtstraßen von Naineshos ihm bislang bedrohlich vorgekommen, begann er jetzt, sich zu entspannen. Die letzten Tage waren ein Alptraum gewesen, aber was war tatsächlich geschehen? Er hatte sich durchschlagen müssen, er hatte ein paar Tage echten Hunger gehabt, aber jetzt hatte er schon wieder Geld im Beutel und war in strahlendem Sonnenschein unterwegs, mit einer zuckersüßen jungen Frau an seiner Seite.

Die nicht auf den Mund gefallen war. Lysia redete in einem fort, zeigte auf interessante Gebäude oder wichtige Plätze und manchmal auch auf Menschen, hatte zu allem und jedem eine Geschichte. Pridias fühlte sich einmal mehr überrollt, beschloss aber, es zu genießen, dass er selbst nichts sagen musste.

Am faszinierendsten war für ihn, wie in der gewaltigen Metropole doch in jedem Viertel eine kleine Gemeinschaft existierte, in der jeder jeden zu kennen schien, ganz genau so, wie es in der heimischen Dorfgemeinschaft an der Küste der Faust gewesen war. Lysia wusste, welcher Metzgermeister mit welcher Floristin eine Affäre hatte, wo es Erbstreitigkeiten oder eine alte Familienfehde gab, wer wann zu wem was gesagt hatte... aufregender waren lediglich die Herkunftsgeschichten:

Weil Naineshos so schnell wuchs, waren nur wenige seiner Einwohner hier geboren. Sie stammten aus allen Teilen von Tjellas Inseln und sogar vom Kontinent.

Bei seiner Abreise aus Ephedis hatte Pridias nicht über Naineshos hinaus gedacht, doch jetzt spürte er Abenteuerlust und den Lockruf ferner Länder. Es war kaum zu fassen, aber von hier stand das Tor nach Isrogant weit offen.

Auf diesem Gedanken kaute er herum, als Lysia plötzlich stehen blieb und ihn am Arm fasste. »Mir ist gerade etwas eingefallen«, sagte sie. Er konnte nicht sagen, ob diese Feststellung oder ihr plötzliches Schweigen danach ihn mehr erstaunte.

Er wartete eine Zeit lang ab, dann wagte er die Frage: »*Was* ist dir eingefallen?«

Sie strich ihre Haare aus der Stirn. »Ich weiß natürlich nicht genau...« Wieder verstummte sie, den Blick so konzentriert in die Ferne gerichtet, dass er versuchte, ihm mit den Augen zu folgen – aber es war nichts Besonderes an der Stelle, zu der sie hinschaute, also ging es wohl nicht darum, etwas Bestimmtes zu entdecken. »Wie gut bist du als Kämpfer wirklich?« fragte sie unvermittelt.

Er zuckte die Achseln. »Ich war ganz gut in den Polis, und die Nainesher... naja, das war ja auch irgendwie ein Lob.« Die Frage war ihm peinlich. Er hatte das Gefühl, vor ihr bestehen zu müssen, und das war ziemlich schwierig. Sie war eine raumgreifende Persönlichkeit, eigenartig fordernd und sogar ein wenig beängstigend, wenn er ehrlich war.

»Ich glaube, der letzte Teil ist wichtiger«, stellte sie fest. »Wenn die Wasseratmer etwas positives sagen, dann ist vermutlich was dran. Ich glaube, in den Polis kannst du noch so gut sein, hier findest du schnell deinen Meister.«

Sehr bestimmt nahm sie seinen Arm und zog ihn mit sich, dem Strom der Menge in der Straße entgegen.

»Hey, was hast du vor?« protestierte er. »Bleib mal stehen.« Er konnte sich von ihr nicht wie einen verständnislosen Esel durch die Straßen schleifen lassen, jedenfalls nicht, wenn er von ihr auch dauerhaft respektiert werden wollte. Das hier... das ging so nicht.

Und so blieb er stehen. Überrascht drehte sie sich um. »Was ist los?« fragte sie ungeduldig. »Komm mit! Ich habe eine Idee!«

»Das sagtest du schon.« Er bewegte sich nicht von der Stelle, obwohl sie an seinem Arm zog und ihn Passanten anrempelten.

»Ja, und wieso bleibst du dann stehen?«

»Weil es *deine* Idee ist. Ich weiß gar nicht, wohin du willst. Und ich weiß auch nicht, ob dein Einfall mir überhaupt schmeckt.«

»Vertraust du mir nicht?«

Die Frage machte ihn perplex. Wie kam sie jetzt darauf? »Wieso das?«

»Wenn du mir vertraust, kommst du mit. Oder nicht?«

Er schüttelte den Kopf. »Darum geht's doch gar nicht. Aber wieso die Eile? Was soll das?«

Sie sah ihn einen Augenblick an, dann verschwand ihr Blick wieder in die Ferne. »Ich weiß nicht«, gab sie dann zu.

»Was weißt du nicht?«

»Warum ich es so eilig habe. Ist so ein Gefühl.«

»Wie? Und dann rennst du einfach los?« Er blieb störrisch.

Eine steile Falte erschien zwischen ihren Augen. »So haben wir uns kennengelernt, du Träumer! Ich hab dich angesprochen, weil ich so ein Gefühl hatte. War gut für dich, oder?«

Das klang verärgert, aber er hielt es aus. Wenn er jetzt nachgab, würde sie ihn weiter herumschubsen. Das half ihnen beiden nicht.

»Was?« fragte sie, jetzt deutlich wütend. »Kommst du jetzt, oder was?«

Er nickte langsam. »Sobald du mir sagst, worum es geht.«

Jetzt ließ sie seinen Arm los. Ganz kurz war sie fassungslos, dann warf sie die Hände in Richtung Himmel. »Aaaaaah«, rief sie. »Gott, bist du stur!« Die Zornesfalte auf ihrer Stirn war dennoch verschwunden, stattdessen lächelte sie. »Komm mit.«

Als sie seinen verschlossenen Gesichtsausdruck sah, fügte sie schnell hinzu: »Nur da rüber, dass wir aus dem Weg kommen. Sonst rennen die uns noch alle um hier!«

Gehorsam trottete er hinter ihr her. Langsam wurde er neugierig.

***

Etwas düster dräute das wuchtige Kontor des Handelshauses Gooregan über ihnen, als sie hinunter zum Ciena-Kai wanderten, der Pridias schon von seiner Ankunft vertraut war. Trotz seiner Größe konnte das Kontorgebäude die gewaltige Fackel nicht verdecken, die weit hinter ihm in Richtung Meer an der Hafeneinfahrt stand.

Dass der gewaltige Turm ihn so sehr beeindruckte, machte Pridias einen Moment lang ärgerlich. Er hatte es satt, sich wie ein Dorfgimpel zu fühlen. Andererseits... er war ja nicht aus seinem mehr oder weniger sicheren Leben aufgebrochen, um die Wunder der Welt *nicht* zu genießen. Und hatte er nicht vorhin noch beschlossen, die Gelegenheit beim Schopf zu greifen und aufzubrechen, vielleicht sogar Tjellas Inseln zu verlassen? Wie wollte er das tun, ohne von Zeit zu Zeit mit offenem Mund zu staunen?

Ihr Ziel lag ein wenig unterhalb des Handelskontors am Ciena-Kai, in einem der vielen Häuser, die am Ufer der Bucht entlang aufgereiht standen, die meisten von ihnen mehrere Stockwerke hoch, viele in schlechtem Zustand. Das Gebäude, auf das sie zusteuerten, war allerdings frisch renoviert und sah trotz der vergitterten Fenster und des soliden Eingangstors einladend aus. Pridias versuchte zu ergründen, woran das lag, wurde sich aber nicht richtig schlüssig. Zwar war das Haus frisch verputzt, die Fenster- und Türrahmen gestrichen, aber wieso machte das einen so großen Unterschied?

Lysia zupfte ihn am Arm und zeigte auf die Flaggen, die vom Dach des Hauses wehten. Blauschwarz waren sie, mit einem roten Logo in der Mitte, das aus Strichen bestand, die Pridias nichts sagten. Es waren nicht die Schriftzeichen der Polis, aber auch nicht die adjagarischen Lettern, wie sie auf dem Kontinent genutzt wurden.

»She-Bashi«, sagte sie. »Erinnerst du dich, wie ich dir vom Reich der Elf und vom Reich der Drei Mächte erzählt habe? Am Nachbartisch haben Dandereden gesessen.«

Er nickte.

»Die Schriftzeichen auf der Flagge – das ist gomerisch«, erklärte sie. »Die Sprache, wie sie in Dan Dered gesprochen wird. Der Gründer der She-Bashi hat in Dan Dered gelernt. Die Schriftzeichen bedeuten She-Bashi, die Übersetzung weiß ich nicht.«

»Immerwährendes Lernen«, sagte eine Stimme hinter ihnen.

Sie fuhren herum. Der Kai war nicht so gedrängt voll mit Menschen wie die meisten Straßen der Stadt, und Pridias hätte geschworen, dass sie es bemerken würden, wenn jemand sich näherte.

Der Mann, der jetzt hinter ihnen stand, musste geflogen sein. Er lächelte, und auch ansonsten wirkte er sehr freundlich, allerdings nicht ungefährlich. Eine eindrucksvolle Narbe lief quer über sein Gesicht, und auch die muskulösen Arme waren von weißem Narbengeflecht überzogen, wie Pridias es von den Schwertkämpfern kannte, mit denen er während seiner Marinezeit trainiert hatte.

Der Mann stammte offensichtlich von Tjellas Inseln, seine Züge zeigten die typischen Merkmale der Polis, die Form von Nase und Augen sprach Bände. Seine Kleidung allerdings war ungewöhnlich: Ein weit geschnittenes Hemd zu recht engen Stoffhosen, dazu ein schwarzes Barett, auf dem Pridias jetzt die selben gomerischen Schriftzeichen entdeckte wie auf der Flagge.

Noch immer lächelnd streckte der Mann seine Hand aus – zuerst zu Lysia, und als die sie geschüttelt hatte, in einer sehr kontinentalen Geste, reichte er sie auch Pridias, der sie ebenfalls bereitwillig ergriff. Der Mann hatte etwas entwaffnendes, auch in der Art, wie er sich jetzt vorstellte: »Kryas mein Name. Aus Tsuropolis auf den westlichen Inseln. Ich gehöre zu den Ausbildern der She-Bashi-Schule.«

»Oh«, machte Lysia. »Das ist ja toll. Ich hätte nicht gedacht, dass es so kurz nach der Eröffnung schon She-Bashi-Ausbilder von Tjellas Inseln gibt.«

Er lachte, und auch das klang freundlich.

»Ich war eine Zeit lang nicht auf den Inseln«, entgegnete er. »Ich habe in Rinjapur gelernt, die She-Bashi sind dort schon länger ansässig.« Er machte eine einladende Handbewegung. »Wenn ihr mögt, werft einen Blick in unsere Schule, wir sind mitten im Aufbau, alles ist noch spannend und neu.«

»Gerne!« sagte Lysia, und etwas an ihrer Bereitwilligkeit gab Pridias einen Stich. Wie alt war dieser Kerl? Wieso musste sie ihn so anstrahlen?

Kryas hob eine Hand. »Ihr habt sogar besonderes Glück. Wir haben gleich eine Vorführung, einige Geschäftsleute der Stadt wollen mehr wissen über uns.«

»Also gibt es etwas zu sehen!« Lysia glich die übergroße Begeisterung damit aus, dass sie Pridias Arm nahm und ihn an sich zog. Das gab ihm erneut einen Stich, diesmal allerdings der positiven Art. Sein Herz begann zu klopfen. Jetzt sprang der Funke über. Eine Vorführung! Er konnte kaum erwarten, zu sehen, was die She-Bashi zu bieten hatten.

Eine Kutsche preschte auf den Kai, gesteuert von einem rücksichtslosen Fahrer, der dafür sorgte, dass Menschen links und rechts des Kais zur Seite springen mussten, um nicht überfahren zu werden. Das Gefährt kam unmittelbar vor der Schule zum Stehen, heraus sprangen schwer bewaffnete Muskelmänner, die einer weiteren Gestalt Platz machten – mit übermäßig viel Aufhebens, berücksichtige man, dass eigentlich niemand ringsumher ihnen wirklich im Weg stand.

Kryas runzelte die Stirn. »Das wird Meister Shem nicht gefallen«, sagte er. »Diese Art von Auftritt hasst er. Hoffentlich gibt das keinen Ärger.«

»Wer ist Meister Shem?« fragte Lysia.

»Der Schulleiter«, antwortete Kryas, aber sein freundliches Lächeln war verschwunden, und er wirkte abwesend, als er sich jetzt in Bewegung setzte. Sie folgten ihm, aber er schien sie kaum noch wahrzunehmen.

Die Muskelmänner und der von ihnen Bewachte waren im Haus verschwunden, die Kutsche stand noch immer vor dem Eingang, so dass sie sich an ihr vorbei quetschen mussten. Kryas warf dem Fahrer einen bösen Blick zu, doch dieser wirkte vollkommen desinteressiert und nahm sie gar nicht zur Kenntnis.

Das Innere der Schule war kühl und nach dem Sonnenlicht draußen auf dem Kai sehr dunkel. Später sollte Pridias erfahren, dass das ein Schutz gegen Eindringlinge war – die She-Bashi im Inneren hatten stets den Vorteil, dass ihre Augen bereits an die dunklere Umgebung gewöhnt waren, während Neuankömmlinge noch damit zu kämpfen hatten. Jetzt war es ihm einfach nur lästig, und doch war er tief beeindruckt, als sich Stück für Stück die Umrisse des Innenraums aus dem Dunkeln schälten.

Das Erdgeschoss der Schule bestand im wesentlichen aus einem großen Raum mit einer Vielzahl an Fenstern, die ihn in warmes Licht tauchten. Der Raum war in Orangetönen gehalten, in weiten Teilen mit Matten ausgelegt, nah am Eingang stand eine Reihe Tische und Stühle aus edlem Holz rund um eine marmorne Theke, über der die Flagge der She-Bashi hing – und ein gemaltes Porträt zweier Männer, die nebeneinander standen. Sie wirkten sehr verschieden: Einer von ihnen rundlich, beinahe feist, mit breitem Grinsen, der andere mit feinem Lächeln, das markant geschnittene Gesicht von langen, dunklen Haaren umrahmt. Ein Wasserhahn über einem Becken an der Wand hinter der Theke zeugte davon, dass auch hier Wert auf moderne Errungenschaften vom Kontinent gelegt wurde.

An den Wänden des Raumes hingen Waffen der verschiedensten Art, eindeutig nicht nur zum Schmuck.

Schwerter, Stöcke, alle möglichen Sorten von Hieb- und Stichwaffen. Auch Messer und Wurfwaffen waren in Griffweite. In der Mitte sah Pridias eine Wendeltreppe, die nach oben führte und im Zentrum eines Schwimmbeckens angebracht war, auch dieses in Marmor gefasst. Das fand er gut durchdacht – wer nach oben wollte, musste über Steine durch das Wasser gehen oder bekam nasse Füße. Ob es noch einen anderen Weg in die oberen Stockwerke gab? Die Wendeltreppe sah schmal aus, und alles andere als komfortabel. Eine wirksame Verteidigungsmaßnahme.

Am erstaunlichsten war, wie geräumig die Schule war, obwohl sich eine Menge Leute darin befanden. In der am weitesten entfernte Ecke war eine Gruppe damit beschäftigt, sich aufzuwärmen, zumindest, wenn Pridias ihre Bewegungen richtig deutete. An einem der Fenster auf der gegenüberliegenden Seite schärften zwei junge Frauen Messer, und im von draußen hereinfallenden Sonnenlicht sahen sie selbst so tödlich aus wie die blitzenden Klingen in ihren Händen.

Der Besucher stand auf der Mattenfläche, noch immer umgeben von seinen Wachen. Er war ungeduldig bemüht, Aufmerksamkeit auf sich zu ziehen, und das gelang ihm auch. Die Wendeltreppe hinunter kam ein recht kleiner, etwas rundlicher Mann mit kahlgeschorenem Kopf und Kinnbärtchen, das seinem runden Gesicht etwas spitzbübisches verlieh, auffallend genug, dass Pridias es sogar von seiner Position nahe am Eingang bemerkte.

Ein Lächeln lag auf den Zügen des Mannes, als er schwungvoll vom Ende der Treppe in Richtung des Besuchers abdrehte, sich dabei am Geländer festhaltend und mit dem rechten Bein schwingend, wie ein kleiner Junge, der zum Abendessen gerufen wird.

»Was kann ich für Euch tun?« fragte er fröhlich, mit deutlicher Betonung auf dem ersten Wort.

Die Antwort des Besuchers kam bellend, aber so undeutlich,

dass Pridias sie nicht verstand.

Der rundliche Mann anscheinend schon, denn er antwortete leichthin: »Aber das wissen wir doch schon! Meister il-Aksos hat sich ja schon gestern per Boten angekündigt.« Er nickte freundlich, und dann, als sei es ihm gerade eingefallen, fügte er hinzu: »Ach, könntet Ihr übrigens mit Euren Schuhen von unserer Matte gehen?« Dazu machte er mit den Händen eine »Husch, husch«-Bewegung, die gegenüber den schwerbewaffneten Männern seltsam anmutete.

Folgerichtig bewegten diese sich auch nicht, sondern sahen bloß zu ihrem Anführer. Auch dieser machte keine Anstalten zu gehen. »Wir sind hier, um sicherzustellen, dass hier alles gut vorbereitet und gesichert ist«, bellte er stattdessen. Mit etwas Mühe verstand Pridias ihn diesmal, auch wenn er noch damit beschäftigt war, den soeben gehörten Namen einzuordnen. Il-Aksos? Hier? Heute? Jetzt gleich? Was für ein seltsamer Zufall.

Lysia hatte es auch vernommen. »Fang bloß nicht an, an eine Fügung des Schicksals zu glauben«, raunte sie ihm zu. Die Idee hatte er gar nicht gehabt, aber jetzt, nachdem sie es gesagt hatte, klang das gar nicht so dumm. In dieser gewaltigen Stadt sollte er dem Mann über den Weg laufen, wegen dem er gekommen war, und das auch noch aus Zufall? War das nicht sehr weit hergeholt?

»Schau Dir diese Ratte an, die für il-Aksos spricht«, flüsterte sie. Sie stand jetzt ganz nah neben ihm, und sie hatte Recht. Der Mann auf der Matte benahm sich ausgesprochen rüpelhaft. Die Männer, die im Hintergrund des Raumes trainiert hatten, standen jetzt bewegungslos und sahen herüber. Kryas, der sie zuvor so nett begrüßt hatte, bewegte sich langsam an der Wand entlang.

Trotzdem die Atmosphäre im Raum sich auf diese Weise mit Spannung auflud, war der Mann, der die Wendeltreppe heruntergekommen war, noch immer übersprühend gut gelaunt. »Das ist schön, dass Ihr Euch so sehr um Meister il-Aksos kümmert. Gibt es denn einen Grund für die Besorgnis?

Hat der werte Meister Ärger mit jemandem? Bringt er Gefahr mit, wenn er uns besucht?«

Lysia kicherte ob dieser Methode, den Ball zurückzuspielen. Der Besucher teilte ihre Belustigung allerdings nicht. »Was soll das heißen?« keifte er. »Wer seid Ihr überhaupt?«

Der kleine Mann nickte, als habe er auf die Frage gewartet. »Mein Name ist Sheman Adjevan, meine Schüler nennen mich Meister Shem. Ich bin hier der Hausherr, und ich möchte gerne, dass Ihr von meiner Matte verschwindet.«

Das brachte Bewegung in die Muskelmänner, und noch mehr in die zuschauenden anderen Menschen in der Halle. Die Frauen am Fenster hörten auf, ihre Messer zu schärfen, und hielten sie nun kampfbereit vor sich. Auch Kryas hatte sich bewaffnet. Locker in beiden Händen hielt er einen beeindrukkenden Stock mit Klingen an beiden Enden. Pridias konnte sich nicht vorstellen, wie sich ein solches Gerät sinnvoll handhaben ließ, ohne sich selbst schwere Verletzungen zuzufügen – aber es war gut möglich, dass genau dieses Training verantwortlich für die vielen Schnittnarben an den Armen des Mannes war.

»Mein Gebieter wird sich nicht freuen über diese Art von Empfang«, keifte der Besucher. »Und es ist nicht ratsam in dieser Stadt, ihn zu verärgern.«

Meister Shem blieb unerschütterlich ruhig. »Niemand wird hier verärgert, solange Ihr zügig von meiner Matte tretet. Dort am Eingang ist Steinboden, von dort könnt Ihr die Vorführung hervorragend beobachten.«

Der Besucher fuhr herum zum Eingang, ein wütender Blick streifte Pridias und Lysia, die dort noch immer standen.

»Iiih, sogar sein Gesicht sieht aus wie eine Ratte«, meinte sie. Eine Spur zu laut vielleicht, Pridias fragte sich ernsthaft, ob der Mann es gehört hatte.

Der wandte seinen Zorn aber wieder dem Kampfkunstmeister zu. »Mann, wisst Ihr, mit wem Ihr es zu tun habt?«

»Mit jemandem, der mit schmutzigen Schuhen auf meinen sauberen Matten steht«, kam die ruhige Antwort. »Und das mag ich nicht.«

Das brachte das Fass zum Überlaufen. Der Besucher machte einen Schritt nach vorne und versuchte, Meister Shem am Kragen zu packen. Das funktionierte allerdings nicht, denn der wich einen Bruchteil von Zentimetern zurück, und während der Angreifer ins Leere griff, zog er an seinen Ärmeln. Ein Tritt vor das Schienbein des strauchelnden Mannes brachte ihn zu Fall. Er schlug krachend auf die Matten, während Meister Shem mit Unschuldsmiene über ihm stand, die Arme zu einer Geste der Ratlosigkeit erhoben.

»Seht Ihr«, sagte der Lehrer zu den Muskelmännern, »das ist, warum ich die Matten gerne sauber haben möchte. Weil dauernd jemand mit der Fresse drauf landet.«

Lysia kicherte wieder, und Pridias wäre am liebsten im Boden versunken. Nach allem, was er bisher von il-Aksos gehört hatte, war es vermutlich eine schlechte Idee, sich über einen seiner Handlanger lustig zu machen. In diesem Moment allerdings ertönte hinter ihnen ein schallendes Lachen, gefolgt von einem herzhaften Händeklatschen.

»Fabelhaft«, rief eine tiefe Stimme mit deutlichem Tjellas-Akzent. »Ganz wunderbar! Ich sehe, hier muss ich mich nicht langweilen.«

Ein beleibter, sehr großer Herr in teurer Kleidung hatte hinter ihnen die Schule betreten und kam jetzt mit selbstbewusstem Schritt näher. »Entschuldigung«, sagte er, als er sich an Lysia vorbeischob, ihr dabei eine Hand auf die Schulter legend – eine fleischige, kräftige Hand mit lackierten Fingernägeln. Mit weiten Schritten trat er an den Rand der Matte, wo er seine Schuhe abstreifte, mit überdeutlichem Gestus, damit es auch niemandem entging. Was ohnehin nicht geschehen wäre, alle Augen im Raum waren auf ihn gerichtet.

Barfuß ging er über die ausgelegten Matten, beinahe tänzelnd, was ausgesprochen albern wirkte. Er schob die

Muskelmänner zur Seite und trat neben den gefallenen Sprecher der Gruppe.

»Georgios, was machst du denn hier!« rief er, dem Mann die Hand reichend, um ihm auf die Füße zu helfen. Übertheatralisch klopfte er ihm dann nicht vorhandenen Staub von der Kleidung und patschte ihm mit der Hand ins Gesicht, als wolle er sicherstellen, dass nichts passiert war.

Während dieser ganzen Vorführung wurde die Luft im Raum immer dicker. Pridias fand es schwierig, zu atmen, und dieser Eindruck verstärkte sich noch, als der Neuankömmling Meister Shem seine dicke Hand entgegenstreckte.

»Wado il-Aksos«, donnerte er. »Es freut mich, Euch kennenzulernen, werter Sheman. Ein guter Name, muss ich sagen. Hervor- und zurückragend. Ich habe die Werke des berühmten Weltreisenden Sheman´O aufmerksam studiert, und es freut mich sehr, einen Namensgefährten des berühmten Wissenschaftlers kennenzulernen.«

Meister Shem ergriff die ihm angebotene Hand und schüttelte sie. »Willkommen bei den She-Bashi«, sagte er. »Ich nehme an, diese Wachhunde hier hören auf Euer Wort. Vielleicht schickt Ihr sie jetzt endlich von meiner Matte.«

Der wieder auf seinen Füßen stehende Georgios zuckte bei diesen unfreundlichen Worten merklich zusammen, doch il-Aksos selbst, der legendäre Verbrecherkönig, gefürchtet von ganz Naineshos, tat dienstbeflissen.

»Selbstverständlich!« rief er. »Aber sicher! Runter von der Matte, Jungs! Wie konntet ihr nur so unachtsam sein! Ihr seht doch, dass hier alles noch neu und glänzend ist. Da trampelt man doch nicht mit Schuhen drauf rum. Nun macht schon!«

Er gab auch Georgios einen unsanften Schubs, der Pridias vermuten ließ, dass der gesamte Auftritt noch ein Nachspiel haben würde.

Das alles wirkte irreal, aber was wusste er schon von den Gepflogenheiten in der Unterwelt großer Metropolen? Abgesehen davon, dass er kein Teil einer solchen Maskerade sein wollte. Unter keinen Umständen.

Die gesamte Truppe rund um il-Aksos verließ jetzt die Matte und trottete in Richtung Eingang und damit genau auf Lysia und Pridias zu. Harte Blicke trafen sie. Einer der Männer – breite Schultern, tättowierte Arme, kahlgeschorener Kopf – fixierte Pridias, und streckte das Kinn herausfordernd in die Höhe, als dieser den Blick erwiderte. Das Herz schlug ihm bis zum Hals. Die Situation war unangenehm, und er wollte nicht hinein verwickelt werden, wenn hier ernsthafte Streitereien ausbrachen.

Verschwinden konnten sie nicht mehr. Es wurde sogar noch schlimmer: Wado il-Aksos wackelte neben seinen Mannen her zu ihnen, warf einen anerkennenden Blick auf Lysia und zwinkerte Pridias kumpelhaft zu, bevor er sich neben die beiden stellte. Sein Handlanger Georgios blieb neben ihm stehen. Auch Lysia fand das unangenehm, was Pridias merkte, weil sie sich näher an ihn drängte.

»Viele Zuschauer haben wir hier nicht, scheint mir«, meinte il-Aksos mit gönnerhaftem Tonfall zu niemand speziellem. »Aber dann wiederum gibt es hier wohl auch nicht viel Vorführung.«

Auf der Mattenfläche war Meister Shem jetzt zu der kleinen Gruppe gegangen, die im hinteren Bereich der Schule ihre Aufwärmübungen gemacht hatten. Die Frauen am Fenster schlenderten ebenfalls hinüber, nur Kryas stand hinter der Theke.

Wie Pridias befürchtet hatte, wandte sich il-Aksos jetzt ihm zu. »Na, Jungchen, scheint, als wären wir beide fast alleine. Was erwartest du dir denn hier?«

Pridias räusperte sich. »Ich bin nur neugierig«, antwortete er.

»Neugierig! Ja, das ist toll, wenn etwas Neues in die Stadt kommt, und dann auch noch eine Kampfschule. Da geht man gerne mal hin und schaut, was da so geboten wird.«

Er nickte, verständnisvoll, fast väterlich. Nachdenklich fügte er hinzu: »Und natürlich sind die Zeiten hart. Vielleicht will ein junger Mann wie du auch etwas aus sich machen und überlegt, in so einer Schule hier anzufangen. Ich höre, man kann hier ein Einjähriges belegen. Eine Ausbildung durchlaufen. Sogar Geld dafür bekommen, sich der Schule zu verpflichten. Und hinterher ist man wer, hat Kontakte. Kann vielleicht dabei bleiben, oder sich woanders verpflichten. Das hat was.«

Von der Möglichkeit einer einjährigen Ausbildung hörte Pridias zum ersten Mal. Das war weit mehr, als er von den She-Bashi erwartet hätte, hieß es doch, die Ausbildung nicht nur kostenlos zu bekommen, sondern auch noch eine bezahlte Arbeit gleich dazu.

»Muss verlockend sein für einen jungen Mann, eh?« il-Aksos stieß Gregorios mit der Hand an. »Was denkst du, alter Freund? Ist doch ein gutes Angebot, oder?«

»Hervorragend«, bestätigte dieser, sich mit einer Hand über das Kinn wischend. Seine Ehre war noch immer angeschlagen von seinem unerwarteten Sturz.

»Fabelhaft!« il-Aksos klatschte in die Hände. »Spitze! Wie im Tempel geträumt, unglaublich. Auf die Idee muss man erst mal kommen. Ich meine, das sind doch Genies, diese She-Bashi. Echte Genies!«

Seine Begeisterung klang falsch und unehrlich, und so war sie vermutlich auch gemeint. Der Verbrecherkönig schickte hier eine Botschaft an die Neuankömmlinge in seiner Stadt; dass er sie beobachtete, und dass er ihr Spiel verstanden hatte.

Lysia machte Pridias später darauf aufmerksam, wie sehr sich eine lokale Unterweltgröße bedroht fühlen musste vom Erscheinen einer isrogantweiten Organisation, und das um so mehr, wenn diese tatsächlich Krieger unter Vertrag nahm, die für was auch immer eingesetzt werden konnten. Sie erklärte ihm auch, dass es für die Machthaber, egal ob Fürst, Herzog oder gewählter Stadtrat, eine ebensolche Bedrohung war, eine derartige kleine Privatarmee in den eigenen Mauern zu beherbergen – weswegen sie auch nicht daran glauben mochte, dass die She-Bashi in den Polis von Tjellas Inseln willkommen sein würden.

Bevor mehr Worte fallen konnten, betrat eine weitere Gruppe den Raum durch die Eingangstür. Geschäftsleute, wie es schien, sorgfältig gekleidet Wohlstand versprühend, und von Kryas begrüßt, als habe er sie bereits erwartet.

Wenig später trat Meister Shem nach vorne und sagte mit knapper Verbeugung: »Herzlich willkommen in unserer She-Bashi-Schule an der Nainos-Bucht. Dass wir Euer Interesse wecken konnten, ist uns eine Ehre.«

Er musterte lächelnd die kleine Gruppe von Zuschauern in ihrer seltsamen Zusammensetzung, dann fuhr er fort: »Sicherlich ist jeder von Euch aus einem bestimmten Grund hier, und am Ende der Vorführung werden wir Euch Gelegenheit geben, jede beliebige Frage zu stellen. Beginnen wollen wir aber mit einem kurzen Überblick über unser Ausbildungsprogramm. Seit der Gründung der She-Bashi durch die Meister Shivan Germont und Ash Gooregen arbeiten wir daran, jedem Schüler seinen eigenen Kampfstil zu ermöglichen. So verschieden wie die Menschen, so auch ihre Art zu kämpfen. Deswegen werdet Ihr jetzt Zeuge sehr unterschiedlicher Bewegungsformen werden und variable Möglichkeiten der Verteidigung mit und ohne Waffen sehen.«

Das waren keine leeren Versprechungen. Was die Männer und Frauen in der kommenden halben Stunde zeigten, war ausgesprochen vielseitig. Es ging weit über das hinaus, was Pridias in seiner eigenen Soldatenzeit gelernt hatte. Die Ausbilder der Marine in Ephidos schienen weit hinter ihrer Zeit zurück zu hängen, wenn auf dem Kontinent tatsächlich so gekämpft wurde.

Jeder der She-Bashi zeigte Übungen mit einem Set von Waffen, auf das er sich spezialisiert hatte, zu jeder dieser Waffen gehörte eine eigene Sammlung von Übungen mit und ohne Partner, anscheinend auch diese auf jeden Schüler individuell zugeschnitten. Tempo, Präzision, Körperbeherrschung waren herausragend, was auch die Bandenmitglieder rund um il-Aksos so zu sehen schienen, nahm man die wachsende Unruhe unter ihnen als Beweis.

Am deutlichsten reagierten sie auf Demonstrationen waffenlosen Kampfes. Die Kampfweise der She-Bashi fand keinen Anklang bei den muskulösen Kraftmeiern: Hochflexibel, sehr beweglich, unglaublich anpassungsfähig. Die Vorführenden ließen sich niemals auf ein Kräftemessen ein, sondern gaben nach, wichen aus, nutzten sämtliche Gliedmaßen als Waffe.

»Alles nur Theater«, grummelte einer von il-Aksos Schlägern hinter Pridias. »Wenn ich die Jungs in die Finger kriege, können die nicht so rumtänzeln. Dann gibt's auf Schnauze.«

Ein feines Lächeln erschien auf dem Gesicht seines Bosses, das der Sprecher selbst vermutlich gar nicht wahrnahm, Pridias aber um so deutlicher registrierte. Zu Recht, wie sich herausstellte, als die Vorführung endete und Meister Shem sich zu den Zuschauern gesellte, um ihre Fragen zu beantworten.

Wado il-Aksos ergriff sofort das Wort. »Meister Shem, ich mochte Eure Schau!« bekundete er. »Akrobatik, Körperbeherrschung, tolle Choreographie. Ich bin begeistert!«

»Schön zu hören.« Der Sarkasmus in Meister Shems Stimme war überdeutlich, aber il-Aksos tat, als habe er ihn nicht bemerkt, sondern beugte sich nach vorne, einen dicken Finger nachdenklich an seine Lippen legend, die Augen zu schmalen Schlitzen verzogen, als verfolge er einen tieferen Gedanken.

»Einer meiner Männer hier allerdings hat eine interessante Frage aufgeworfen.« Er drehte sich herum und zeigte auf den Sprecher von vorher, der mit einem Mal ganz steif wurde, als er in den Mittelpunkt des Interesses rückte. »Dieser junge Mann hier merkt an, dass das alles vielleicht nur so gut aussieht, weil es abgesprochen ist. Vielleicht klappt das alles gar nicht mit einem richtigen Gegner?«

Meister Shem seufzte, als habe er es kommen sehen. »Das ist wohl der Charakter einer Vorführung. Eine Bandbreite zu zeigen, nicht Kämpfe auf Leben und Tod.«

»Da habt ihr natürlich Recht, Meister Shem. Absolut Recht!« il-Aksos verschränkte die fleischigen Arme vor dem imposanten Bauch. »Andererseits... ich bin nicht überzeugt. Ich denke, mein junger Freund hier hat einen wichtigen Punkt angesprochen. Ich würde sehr gerne sehen, wie ein She-Bashi reagiert, wenn er nicht mit den eigenen Kameraden herumspielt.«

»Interessante Sichtweise. Aber nicht der richtige Ort und die richtige Zeit.« Meister Shem lächelte freundlich. »Wir sind hier unter Freunden und Interessierten. Hier geht es nicht ums Gewinnen. Und Eure Begleiter wirken etwas übermotiviert.« Den letzten Satz sagte er mit einem so deutlichen Grinsen, dass es bereits eine Provokation war, und der Ruck, der durch il-Aksos Leute ging, machte deutlich, dass die Botschaft angekommen war.

Mit leichtem Schock verstand Pridias, dass Meister Shem die Herausforderung gar nicht ablehnte. Er spielte nur den Unschuldigen, weil er die moralische Überlegenheit bewahren wollte. Die Situation hier würde zu ernsthaften Auseinandersetzungen führen, daran gab es jetzt keinen Zweifel mehr. Er wollte dieser Zuspitzung der Lage so schnell wie möglich entgehen. Mit den Händeln dieser Leute hatte er nichts zu schaffen.

Er wechselte einen Blick mit Lysia, die seiner Meinung zu sein schien. Sie machte eine Kopfbewegung in Richtung Ausgang, und er nickte knapp.

Doch als er sich zum Gehen wandte, legte sich eine schwere Hand auf seine Schulter. »Junger Mann, wo geht's hin?« dröhnte il-Aksos Stimme in seinen Ohren. »Ihr seht mir aus, als hättet Ihr auch einiges Training hinter Euch... und weil Ihr nicht zu meinen Leuten gehört, wird Meister Shem wohl kaum vermuten, dass Ihr übermotiviert seid. Vielleicht wagt einer seiner Mannen, gegen Euch anzutreten und die Überlegenheit der She-Bashi zu beweisen.«

Ein kalter Schauer lief Pridias´ Rücken hinab. Das musste ein Alptraum sein. »Ich glaube nicht, dass ich da der Richtige bin«, antwortete er heiser.

Doch il-Aksos hielt ihn fest. »Ach was!« rief er. »Ziert Euch doch nicht so! Hier könnt Ihr zeigen, was Ihr draufhabt. Vielleicht möchte Meister Shem Euch hinterher sogar hier behalten?« Er zwinkerte. »Oder ich vielleicht? Ich kann immer gute Männer brauchen!«

Pridias schüttelte den Kopf. »Da bin ich wohl nicht geeignet.«

Der Griff des Verbrecherkönigs wurde fester. Er hatte beachtliche Kraft. »Jetzt werde ich aber wirklich neugierig!« sagte er. »Wie ein Feigling seht Ihr mir nicht aus.«

Es war heiß im Raum, die Gesichter um ihn herum schienen näher zu kommen, und Pridas war erleichtert, die Stimme von Meister Shem zu hören: »Der arme Junge!« rief er. »Weiß gar nicht, wie ihm geschieht. Lasst ihn gehen, ihr könnt mir einen Eurer Männer stellen, ich kämpfe gegen ihn.«

»Jetzt auf einmal?« il-Aksos klang überrascht, doch sein Griff lockerte sich keinen Millimeter. »Nein, ich weiß nicht. Ich finde, dieser Prachtkerl hier, der sollte seine Gelegenheit bekommen. Ihr seid doch kein Feigling, Kleiner, oder?«

»Wirklich, Meister il-Aksos, ich bin hier nicht die richtige Wahl.«

»Ach nicht?« Jetzt lag etwas unverkennbar Drohendes in der Stimme des Bandenchefs. »Kleiner, jetzt musst du dich aber entscheiden. Mann oder Memme. Kämpfer oder Opfer. Was sagst du?«

Pridias fing Lysias Blick auf − dass ihre sonst so selbstbewussten Augen plötzlich ebenfalls verängstigt wirkten, gab ihm den Rest. Abrupt wurde ihm klar, dass es keinen Ausweg gab. Er konnte sich hier mit einem She-Bashi messen, oder draußen vor der Tür mit il-Aksos´ Schlägern, und angesichts dieser Wahl war die Entscheidung eindeutig.

Er nickte. »In Ordnung«, sagte er mit brüchiger Stimme. »In Ordnung. Wenn sich jemand zur Verfügung stellt, werde ich kämpfen.«

***

Zu seiner Überraschung war es Kryas, der sofort als Vertreter der Schule antrat. Pridias hatte das Gefühl, dass Meister Shem vor allem deswegen so zögerlich einwilligte, weil er einen echten Kampf bevorzugt hätte... aber vielleicht war das auch ein Irrtum, und der She-Bashi-Lehrer sorgte sich wirklich um den unschuldigen Gast, der sich nun in so einer unangenehmen Situation wiederfand.

Und so zog Pridias pflichtbewusst seine Schuhe am Rand der Mattenfläche aus, nicht ohne zu bemerken, dass er ohnehin neue dringend nötig hatte. Er bemühte sich, nicht all zu dämlich auszusehen, während er sich den Aufwärmübungen widmete, die er während seiner militärischen Ausbildung gelernt hatte.

Kryas beobachtete ihn aufmerksam, dann kam er herüber und beugte sich zu ihm. »Was für eine Art Ausbildung hast du?« fragte er leise. »Du bist doch nicht völlig unbeleckt, oder?«

Pridias schüttelte den Kopf. »Nein, ich war bei den Wasserkämpfern der Marine in Ephedis. Ich bin sogar nur hier, weil mich ein Talentsucher bei den Wettkämpfen in Laryngos geworben hat.«

Kryas zog die Augenbrauen hoch. »Ein Talentsucher? Wer hat den geschickt?«

»Kaum zu glauben, aber es war Wado il-Aksos.«

»Du arbeitest für ihn?« Kryas´ Stimme wurde plötzlich scharf, aber er entspannte sich sofort wieder, als Pridias den Kopf schüttelte. »Nein, aber ich wollte. Nur... nach diesem Auftritt...« Er verschluckte den Rest, weil ihm bewusst wurde, dass man ihre Worte vielleicht hören konnte.

Der She-Bashis klopfte ihm wohlwollend auf die Schulter. »Ein Wasserkämpfer bist du«, stellte er nachdenklich fest.

Pridias lächelte schwach. »Ich fürchte, dass ich kaum eine Chance gegen dich haben werde. Was ich bei der Vorführung gesehen habe... Autsch.«

»Wir müssen´s ja nicht übertreiben«, grinste der andere und klopfte ihm wieder auf die Schulter.

Vielleicht hatte er das ernst gemeint – und möglicherweise fand er den Beginn ihres Wettkampfs auch nicht wirklich anstrengend. Für Pridias stellte sich das anders dar. Er hatte gelernt, seine Hände zum Schlagen zu benutzen und mittels solider Stellungen Vorteile für sich herauszuarbeiten. Seine Trainer hatten ihn auch im Ringkampf geschult – wertvoll für den Nahkampf und Kenntnisse, die im Wasser von unschätzbarem Wert waren, wo Faustschläge oder Tritte nicht wirklich wirkten.

Kryas aber nutzte Arme und Beine in vollkommen ungewohnter Weise. Seine Bewegungen waren schnell und unvorhersehbar. Zuckte sein Fuß zum Tritt nach oben, war es vielleicht sein Knie, das am Ende traf, und statt des Kopfes war es der Oberkörper, der den Angriff verkraften musste. Gleiches galt für die Hände. Kryas schlug mit der Faust, mit der Handkante, aber ebenso schnell mit den Fingerspitzen oder Knöcheln zu empfindlichen Stellen, die zu decken Pridias in seiner klassischen Ausbildung nie gelernt hatte: Ellenbogen, Rippen, die Seiten des Kopfes und immer wieder schmerzhafte Punkte an Armen, Beinen und Oberkörper.

Keiner dieser Treffer war für sich allein gesehen bedrohlich. In ihrer Gesamtheit aber waren sie ermüdend und frustrierend. Um so mehr, als es fast unmöglich war, den She-Bashi selbst zu treffen, geschweige denn zu greifen. Er war wie Wasser – gab nach, bewegte sich um die Angriffe herum oder nahm sie auf, so dass Pridias ins Stolpern kam oder sich selbst in einem Griff wiederfand, aus dem er sich erst mühsam lösen musste.

Mit wachsender Verbissenheit suchte er nach einer Möglichkeit, Kryas ernsthaft unter Druck zu setzen, aber dieser machte noch immer einen entspannten Eindruck. Mit Armen und Beinen hielt er Pridias auf Distanz, war aber nicht auf diese angewiesen, denn sobald Pridias einen Angriff startete, nutzte er dessen Energie. Kaum jemals ging er rückwärts.

Diese Situation war entnervend. Pridias begann sich zu wünschen, dass Kryas aktiver wäre, so dass er den Kampf aufgeben und sich selbst zum Verlierer erklären konnte. Aber egal, wie sehr er sich anstrengte, es änderte nichts.

Es half auch wenig, selbst passiver zu werden und auf einen Angriff des She-Bashi zu warten. Nach den Erfahrungen der letzten Minuten würde es wohl keine angemessene Antwort auf eine solche Attacke geben... es sei denn...

Kurzentschlossen begann Pridias, nun selbst nachzugeben. So versteckt wie möglich lockte er seinen Gegner rückwärts, auch wenn dieser ihm das schwer machte: Er war auf Reaktion eingestellt, nicht auf Aktion, und das bedeutete, dass Pridias mehrfach Angriffe starten musste, um dann scheinbar in die Defensive zu geraten.

Es hätte sicher noch lange so weitergehen können – Lysia erzählte ihm später, dass il-Aksos´ Muskelmänner schon murrten, Meister Shem aber sehr interessiert zugeschaut habe – doch endlich erreichten sie den Rand des Schwimmbeckens in der Mitte der Halle, und Pridias startete einen letzten Angriff, um sich dann ins Wasser zu werfen. Kryas zögerte nur einen kurzen Moment, vermutlich weil er Pridias´ Versuch durchschaute, die Situation zu seinen Gunsten zu drehen, doch dann folgte er, mit einem schnellen Kopfsprung, elegant wie ein Delphin.

Der She-Bashi tauchte perfekt ins Wasser, ohne Spritzer oder Verwirbelung. Er war schnell und dynamisch, doch das half ihm nicht: Im klaren Wasser sah Pridias genau, wohin er sich bewegte. Kaum tauchte Kryas auf, deckte Pridias ihn mit Spritzwasser ein, wie ein Kind am Strand, und doch hoch wirksam. Die Wasserwand nahm Sicht und schaffte Verwirrung, die Pridias nutzte, um die Distanz zwischen ihnen zu überbrücken und endlich, endlich einen echten Treffer zu landen.

Schwungvoll wand sich Pridias um seinen Gegner herum, die rechte Hand zwischen dessen Nase und Oberlippe, schmerzhaften Druck ausübend und die Atemluft nehmend, die linke Hand nach kurzem Handkantenschlag in die Niere an der anderen Seite des Kopfes nach oben gleitend. Überrascht fand Kryas sich erneut unter die Wasseroberfläche gerissen, Pridias´ Arme um seinen Nacken geschlungen, während nun auch die Beine ihn umklammerten und in die Tiefe zogen.

Kryas tat das einzig Richtige: Er gab nach und ließ sich ziehen, darauf spekulierend, dass auch der Angreifer irgendwann wieder Atemluft brauchte. Nur in diesem Fall war das eine schlechte Entscheidung. Pridias war darauf trainiert, lange ohne Atem aktiv zu sein, er war ein hervorragender Taucher und er hatte vor seiner Attacke noch einmal Luft geholt. Als sie den Boden des Beckens berührten, verstärkte er seine Umklammerung und drückte den She-Bashi noch härter zu Boden, bis er spürte, dass dieser seinen Atemreflex nicht mehr unterdrücken konnte.

Pridias ließ ihm Raum und erlaubte ihm, aufzutauchen, während er ihm gleich mehrere Schläge in die Weichteile versetzte. Blitzschnell setzte er sich nun selbst in Bewegung, tauchte noch vor Kryas durch die Wasseroberfläche und begrüßte den She-Bashi mit einer weiteren Wasserwand, die ihm Sicht und Luft nahm und Pridias ermöglichte, ihn sofort wieder hinunter zu drücken. Kryas schlug wild um sich, doch Pridias drückte seinen Kopf noch einmal nach unten, so dass der She-Bashi einmal um die Längsachse seines Körpers rotierte und die Orientierung verlor. Er ließ ihn vor sich nach oben kommen und riss ihn sofort wieder unter Wasser, bevor er wirklich Luft holen konnte.

Kryas´ Bewegungen wurden schwach. Sein Kampfwille erlosch. Pridias griff unter seinen rechten Arm und setzte einen Kreuzfesselgriff an, schleppte ihn zum Beckenrand. Er verzichtete darauf, den Kopf seines fast ohnmächtigen Gegners gegen die steinerne Umfriedung des Beckens zu schlagen, wie er es mit einem echten Feind getan hätte – stattdessen hob er ihn halb aus dem Wasser und gab ihm einen Schubs, so dass er auf den Matten außerhalb des Wassers landete. Dann sprang er selbst auf den Beckenrand.

In diesem Augenblick holte ihn selbst die Erschöpfung ein. Kraftlos hob er eine Hand. »She-Bashi«, sagte er, »muss man ersäufen. Sonst sind sie anscheinend unbesiegbar.«

***

Er erinnerte sich an einiges Gelächter auf Seiten der She-Bashi und das grinsende Gesicht von Wado il-Aksos, dem sein Spruch anscheinend auch gefallen hatte. Er erinnerte sich auch daran, dass Lysia einige Zeit später seinen Stolz empfindlich traf, als sie bemerkte, sie habe ihm so einen witzigen Kommentar gar nicht zugetraut. Der Rest war etwas verschwommen.

Viel wichtiger als all das war allerdings, wie die She-Bashi ihn an diesem Nachmittag aufnahmen. Während die Zuschauer, auch der gefürchtete Verbrecherführer, die Schule verließen, hüllten sie Kryas und Pridias in trockene Handtücher, brachten ihnen warme Getränke und platzierten sie auf einer Fensterbank mit Aussicht auf den Kai.

»Das war sehr lehrreich«, sagte Kryas nach einer Weile grinsend. »Mit dir gehe ich nicht noch mal schwimmen.«

Pridias lächelte schwach. Die Erinnerung an die Leichtigkeit, mit der der She-Bashi ihn außerhalb des Wassers beherrscht hatte, war noch überdeutlich. »Eure Methoden sind sehr seltsam«, stellte er fest.

»Ah, dahinter steckt ein Konzept. Wenn man es erst einmal verstanden hat, wird es ganz leicht.« Kryas strahlte über seine Tasse hinweg. »Ist es nicht großartig? Ich liebe es, was ich hier lerne!«

»Habt ihr noch Platz?« unterbrach eine andere Stimme ihr Gespräch. Ohne auf eine Antwort zu warten, ließ Lysia sich auf die Fensterbank neben Pridias fallen. Kritisch musterte sie sein Gesicht, nahm es zwischen ihre Hände und drehte es hin und her, um seine blauen Flecken zu begutachten. »Du hast ihn ganz schön zugerichtet, du Ork!« schnauzte sie in Kryas´ Richtung, doch der vergrub unbeeindruckt seine Nase in seinem Becher und sagte nichts.

»Er war freundlich«, antwortete stattdessen Meister Shem, der sich mit einem Stuhl zu ihnen gesellte, auf dem er rittlings Platz nahm. »Und das ist auch gut so. Dein junger Freund muss ja keinen Schaden nehmen, weil Wado il-Aksos ein Idiot ist.«

Kurze Zeit herrschte Schweigen, nur unterbrochen von den anderen She-Bashi im Raum, die ihre Utensilien aufräumten, dann fuhr er fort: »Aber das, was du da im Wasser gemacht hast... das finde ich sehr spannend.«

Pridias schob Lysia zur Seite, die jetzt seinen Oberkörper auf Verwundungen untersuchte, was ihm zunehmend auf die Nerven ging. Sie brachte ihn durcheinander. Dauernd tat sie das. Wie konnte sie sich so extrem kindisch verhalten, ausgerechnet jetzt, wo auch noch der She-Bashi-Lehrer dazu gekommen war? Anderseits wäre er ohne sie gar nicht hier, und sie wirkte immer so furchtlos und selbstbewusst, als wisse sie genau, was sie tat.

»Das war nichts besonderes. Ich habe bei der Vorführung gesehen, dass Ihr auch im Wasser übt.«

Shem und Kryas wechselten einen Blick. »Wir machen nicht viel Wasserkampf«, stellte der Lehrer fest. »Das steckt alles noch in den Kinderschuhen. Aber du scheinst Talent zu haben. Du könntest ein großartiger Krieger werden.«

Lysia beugte sich nach vorne, gespitzte Ohren, aufmerksamer Blick. Ihr Verhalten irritierte nun auch Meister Shem. Er geriet sichtbar aus dem Tritt. »Was ist?« fragte er in ihre Richtung.

»Ich bin interessiert!« antwortete sie. »Das hier wird ein Anwerbegespräch, oder? Ich habe viel von den She-Bashi gehört, und davon, dass sie überall in Isrogant gute Leuten einstellen.«

»Hast du das?« Shems Stimme klang konsterniert, und Lysia lachte auf ihre mädchenhafte Art.

»Naja, eigentlich erst in den letzten Wochen, seit die Schule hier in Naineshos geöffnet ist«, gab sie zu.

Shem nickte. »Das dachte ich mir.« Er deutete auf Pridias und fragte in ihre Richtung: »Darf ich denn weitermachen?« Mit zustimmendem Winken entgegnete sie: »Immer zu.«

Pridias kam sich vor wie ein Möbelstück, dessen Preis hier verhandelt wurde. Schnell denkende, schnell redende, schnell handelnde Menschen wie Lysia gaben ihm dauernd dieses Gefühl, hinterher zu hängen.

Statt den Faden wieder aufzunehmen, sagte Shem allerdings etwas völlig anderes. »Es ist schön hier.« Er zeigte aus dem Fenster, auf die Nainos-Bucht, die Inseln mit ihrer eindrucksvollen Bebauung, den Kai, die Schiffe. Es war ein malerisches Bild, und von hier, aus dem Fenster der Schule, wirkte alles sehr friedlich. Also nickte Pridias, nicht sicher, was von ihm erwartet wurde.

»Aber du stammst nicht von hier?«

Pridias schüttelte den Kopf.

»Willst du denn hier bleiben?«

Fast hätte er wieder den Kopf geschüttelt, doch dann fiel sein Blick auf Lysia, und zu seinem Erstaunen sah auch sie ihn an. »Will ich das?« fragte er.

»Ich habe keine Ahnung«, antwortete sie. »Aber hör doch erst einmal, was er dir anzubieten hat. Ich denke, Meister Shem will auf etwas hinaus.«

»Ich danke Euch, junge Dame.« Schalk blitzte in den Augen des She-Bashi-Meisters. Das passte gut zu seiner rundlichen, kleingewachsenen Gestalt und seinem freundlichen Gesicht. Aber es half Pridias nicht bei der Bewältigung der Situation. Es entsprach nicht seiner Vorstellung von dem, was in einer Kampfkunstschule vor sich gehen sollte. Irgendwie erwartete er würdevolle, alte Meister, die tiefe Geheimnisse in einer Atmosphäre geistiger Abgeklärtheit weitergaben. Das hier war alles völlig anders, und niemand schien Lysia ihre Respektlosigkeit zu verübeln.

»Ich will wirklich auf etwas hinaus.« Meister Shem fuhr sich mit den Händen durch die stoppeligen Haare. »Ich kann dir anbieten, als Einjähriger bei uns hier in der She-Bashi-Schule anzufangen, falls du keine anderen Verpflichtungen hast. Du bringst Talent mit und Kampfgeist. Wir könnten dich gut gebrauchen.«

Das klang besser, Pridias richtete sich auf, doch bevor er zustimmen konnte, hob Meister Shem die Hand. »Das ist die eine Möglichkeit«, stellte er fest. »Aber bevor ich hierher nach Naineshos gekommen bin, habe ich ein paar Monate in einer anderen Hafenstadt verbracht, in Ciena, einem der Zentren der She-Bashi-Bewegung. Der Lehrer dort gehört zu den Begründern unseres Systems, und ich könnte mir vorstellen, dass er interessiert ist an dem, was du im Wasser so kannst und weißt. Du könntest in Ciena dein Einjähriges leisten, und gleichzeitig selbst am Konzept mitarbeiten. Ich würde dir ein Empfehlungsschreiben mitgeben.«

Kryas sog bei diesen Worten scharf den Atem ein. Shem hörte es. »Immer mit der Ruhe, mein Freund«, sagte er. »Ich weiß, dass ich da einem ziemlich grünen Jungen ein ziemlich gutes Angebot mache. Aber du hast erlebt, wie er sich gegen dich gehalten hat, und wie schnell er mit dir im Wasser fertig war. Eine ziemliche Leistung für so einen Bub, wenn man bedenkt, wozu du im Stande bist, oder nicht?«

Kryas antwortete nicht, lehnte sich aber zurück. Pridias fand das beachtlich und fragte sich, ob es eher von Unterordnung oder doch von Selbstbewusstsein zeugte, dass der junge She-Bashi diese offenen Worte so leicht akzeptierte.

Eine Weile starrten sie alle vier auf´s Meer, während Pridias nachdachte. Nach den letzten Tagen mit all ihren Rückschlägen und plötzlichen Überraschungen fiel es ihm schwer, von jetzt auf gleich eine Entscheidung mit solcher Tragweite zu treffen. Tjellas Inseln verlassen? Ernsthaft? Noch vor einigen Stunden war das für ihn ein reizvoller Gedanke gewesen, aber jetzt machte es ihm Angst.

Er betrachtete Lysia, die der Grund war, dass er hier saß und nicht irgendwo auf den Straßen herumlief. Sie lächelte ihm zu. »Bei den Wassern der Flut – was hält dich denn zurück? Du bist doch frei wie ein Vogel!« sagte sie. »Ich würde sofort mitkommen!«

Sein Herz setzte einen Schlag aus. Wie ernst meinte sie das?

»Du würdest Naineshos immer vermissen!«

»Ja, na und? Ich kann doch immer zurückkommen!« entgegnete sie. »*Wegkommen* ist das Problem!«

Sie schwiegen wieder eine Weile vor sich hin, dann stand Meister Shem auf. »Mein Angebot steht«, stellte er fest. »Aus eigener Erfahrung kann ich sagen: Dass ich meine Heimat verlassen habe und in die Welt gezogen bin... das war die beste Entscheidung meines Lebens.« Er grinste. »Aber ich will niemanden beschwätzen.«

Damit ging er. Seinen Stuhl nahm er mit und stellte ihn an den Eingang, bevor er die Wendeltreppe hinauf im oberen Teil des Hauses verschwand.

Pridias sah zu Kryas. Dieser lächelte. »Ich finde, du solltest dabei bleiben«, sagte er. »Das gibt mir die Chance, es dir irgendwann heimzuzahlen.« Sein Lächeln wurde zu einem breiten Grinsen. »Und das Angebot deiner süßen Begleitung«, er deutete auf Lysia, die angesichts dieser Bezeichnung die Augen verdrehte, »das würde ich auch annehmen. Die Schule in Ciena ist groß, da ist auch für sie Platz, ich bin sicher.«

Auch er stand jetzt auf und legte das Handtuch zusammen. »Ach, bevor ich es vergesse«, sagte er dann und zeigte aus dem Fenster auf eines der Schiffe am Kai. »Das dort draußen, das ist eine Fregatte des Handelshauses Gooregan. Sie fährt diese Woche noch nach Ciena. Ich denke, Meister Shem wird euch dort einschiffen, falls ihr ja sagt.«

Damit klopfte er Pridias auf die Schulter – zum dritten Mal an diesem Tag – und nickte Lysia freundlich zu.

Während er den Übungsraum verließ, sah Pridias wieder aus dem Fenster. Hinüber zum Schiff nach Ciena.

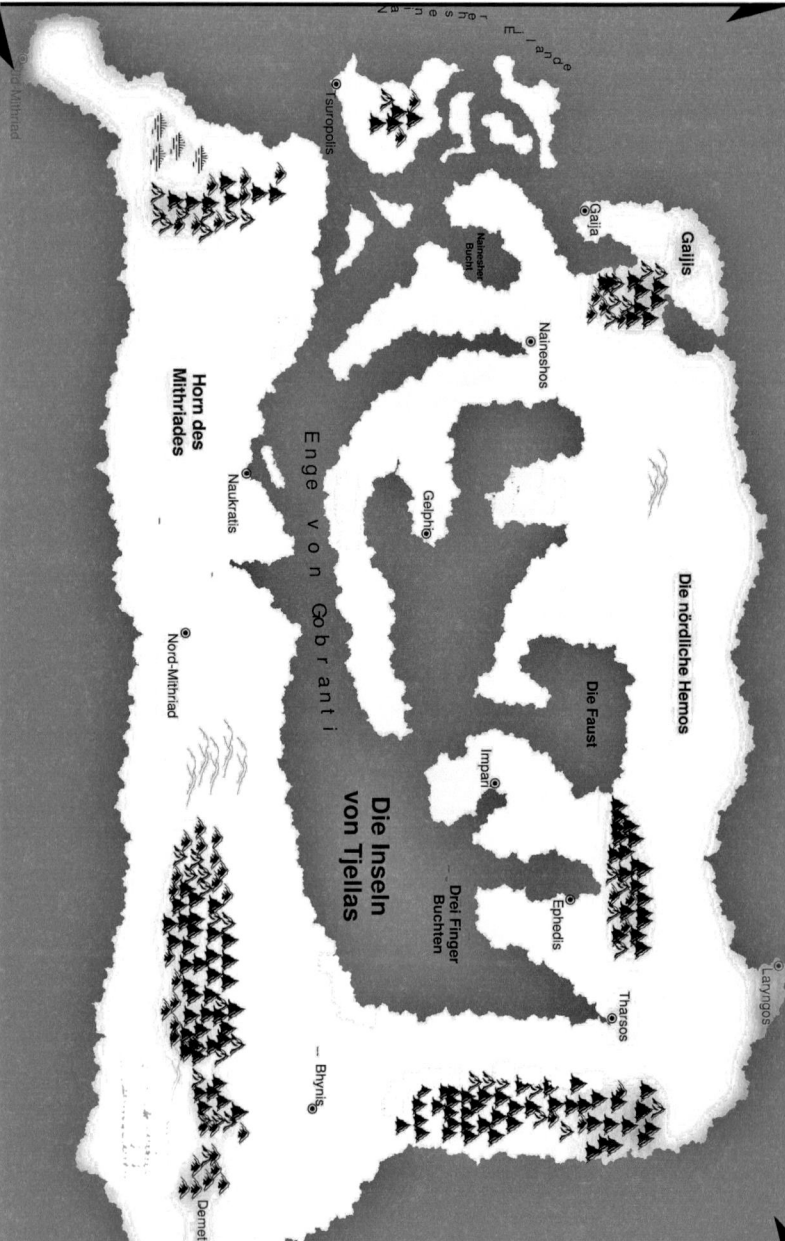

Levent

Gerhard Ludwig

Ein Gnom weckte Naobe.

»Die Altwalden wollen Dich sprechen.«

Naobe gähnte. »Haben sie gesagt, worum es geht?«

»Nein, aber die Eiche hat schlechte Laune.«

Er ließ sich wenig Zeit, erfrischte sein Gesicht aus den Bachläufen am Schluchtengrund.

Am roten Fels warteten sie auf ihn.

»Da bist Du ja endlich«, begrüßte ihn die Eiche.

»Was kann ich tun?« fragte Naobe.

Die Esche ergriff das Wort: »Der Magiewind des Südens ist sehr schwach in diesem Jahr.«

»Schwankungen kommen vor.«

»Nicht in dieser Toleranz. Außerdem wissen wir, dass das *achí* in Boasp hervorragend strömte, auch dem Verlauf des Nevrizian folgend.«

»Boasp?« Naobe wirkte verwirrt.

»Boasp, die Hafenmetropole. Irgendwo jedenfalls«, sagte die Eiche, »verschwindet der Wind. Und Du siehst nach, warum und lieferst uns Ideen, was wir daran ändern können.«

Die Buche sprach jetzt auch. »Wir wollen ungern unsere Vorräte angreifen.«

Naobe runzelte die Stirn. »Und das Versiegen des Magiewindes ist nicht einfach eine neue Entwicklung? Das *achí* ist in den letzten Jahrhunderten kontinuierlich weniger geworden.«

Schweigen antwortete ihm. Diese Möglichkeit gefiel den Altwalden nicht.

Dann sprach wieder die Esche. »Wir sagten schon, am Nevrizian und in Boasp waren die Magischen Gezeiten vollkommen gesund.«

Aus dem Hintergrund schritt der Bodhibaum vor, senkte seine Äste zu Naobe. »Nimm von meinem Harz. Manche *glanhíre* mögen Blut, manche Tränen, manche noch ganz anderes sein.«

Die Eiche wartete, bis der Bodhibaum geendet hatte. »Ich gebe Dir noch Eicheln von mir mit, für alle Fälle.«

Naobe steckte sie ein. Die Bemerkung zu den *glanhíren* hatte er nicht verstanden, doch er war gewohnt, dass die Altwalden in Rätseln sprachen. Manchmal verstand er später, was sie gemeint hatten.

»Wie reise ich?«

»Du bekommst einen Pegasus.«

***

Naobe brauchte einige Zeit, sich im Schluchtengrund zurechtzufinden. Es war anscheinend lange her, dass ihn die Altwalden aus dem Schlaf geweckt und auf eine Mission geschickt hatten. Es hatte sich viel verändert.

An den Stallungen erhielt er einen dunklen Pegasus. Naobe gab dem Tier eine Eichel und bestieg seinen Rücken.

Nicht sehr elegant passierten sie die Stockwerke des Urwaldes. Über den Baumkronen aber entfaltete der Pegasus seine Fähigkeiten.

Naobe durchjagte die Acha'Id. Wofür normale Reisende Wochen brauchten, schaffte er in wenigen Tagen. Dabei wechselte er vom Bodengalopp über den Schwebflug bis hin zu echten Höhenflügen. Er genoss die Kraft des Pegasus, doch die

Schwäche des *achí*, die er nun am eigenen Leib fühlen konnte, war beunruhigend. Die Altwalden hatten Recht mit ihren Sorgen.

Er erreichte die Schwemmlande. Es war diesig, die Meereswinde kondensierten hier und tränkten den Boden. Hunderte Rinnsale fraßen sich die Klippen hinunter und bildeteten die Oberläufe des Nevrizian. Mit den Wolken kam gewöhnlich das *achí*. Naobe ließ den Pegasus steigen.

Eine künstliche Insel lag zwischen den Flüssen Nevra und Zian und einem künstlichen Kanal. Er sah Felder, Dörfer, kleine Burgen. Nach einiger Zeit überflog er eine größere Stadt. Links vom Großen Fluss war die Landschaft mit Wildherden bevölkert.

Hier waren die Auswirkungen der Großen Flut unübersehbar.

Die Gärten sind verschwunden, dachte er, und drehte bei zu einem Abstecher in die Savanne. Die alte Kolonie der Ius Adjagard war überwuchert von Erde und Gras. Er sah zweibeinige Gestalten. *Orks? Hier?*

Das war neu. Er flog eine scharfe Kurve und folgte wieder dem Flussverlauf. Am Horizont konnte er eine weitere neue Stadt sehen.

Nachts flog er über zwei schwach erleuchtete Festungen hinweg. Er hörte das Rauschen der Wasserfälle. Die Fallfesten. Die Konzentration des *achí* stieg wieder an, blieb aber unruhig und fluktuierend.

Vor dem Morgengrauen konnte Naobe etwas Großes ausmachen, das in den Himmel ragte. Die Wirbel des *achí* darum waren so stark, dass er sie fast sehen konnte.

Es war ein Turm. Naobe erkannte die Umrisse von Fährsteg, doch das Gebäude war neu, und ebenso der gewaltige Fahnenmast, der über die Mauern hinausragte.

Naobe landete den Pegasus auf dem Platz vor dem Turm. Er war Teil eines großen Sakralbaus, doch das war nicht das einzig Aufsehen erregende. Viel eindrucksvoller war die grausame

Szene, die sich rundum abspielte. Drei Menschen in Kämpferkleidung standen um einen Berg abgeschlagener Köpfe. Sie starrten mit offenen Mündern auf Naobe und sein Reittier. Auch er war irritiert. Was ging hier vor sich?

»Stimmt etwas nicht? Was ist hier passiert?« fragte er, im Bewusstsein, wie lahm das angesichts der Tatsachen klingen musste. Doch die drei Männer hörten ohnehin nicht zu.

„Ein Andersartiger!" rief einer. "Auf Ihn!" brüllte ein anderer. Mit Äxten drangen sie auf ihn ein.

Naobe spreizte die Hand. Der Angriff kam. Naobe wich aus, ungeschickter als gewohnt, berührte den Angreifer. Dieser brach zusammen. In ihrer Wut *(Worauf? Woher? Warum?)* bekamen die anderen das nicht mit, und auch sie starben durch die Berührung von Naobes Fingern am Kopf und am Herzen. Naobe blutete.

Weitere Bewaffnete stürmten auf den Platz. Er blickte sich um, doch seine Möglichkeiten waren begrenzt. So ungern er es tat – er musste handeln. Er trat zurück. Stampfte auf den Boden. Ließ *achí* fließen. Hier gab es genug davon.

Kraft breitete sich aus. Energie. Als sie die Kämpfer erreichte, blieben diese plötzlich stehen, fassten sich an die Köpfe. Naobe wusste, wie es jetzt in ihren Ohren schrillte. Einigen platzte das Trommelfell. Auch der Pegasus bäumte sich auf.

Naobe griff nach dem Tier, beruhigte es, schwang sich auf seinen Rücken. Der Pegasus kämpfte sich in einem anstrengenden Steilflug empor. Jetzt sah Naobe, dass er verletzt war, und weitere Äxte trafen das Tier, das nicht mehr höher steigen konnte.

Vor ihnen lagen die Festungen, und von ihren Mauern flogen ihnen mächtige Pfeile entgegen, abgefeuert von großen Ballista. Der Pegasus bäumte sich in der Luft, verlor an Kraft, ein Ausweichen über das Gebirge war jetzt unmöglich. Sie trudelten und verloren an Höhe. Weitere Geschosse flogen hinter ihnen her, und auch wenn sie jetzt außer Reichweite waren – mehr als eine Notlandung schaffte der Pegasus nicht mehr. Naobe hörte das Splittern von Knochen beim Aufsetzen, rettete sich selbst mit knapper Not und tötete dann das edle Tier voller Bedauern.

Die Eiche wird mich dafür hassen, dachte er. Es war egal, in diesem Moment hasste er sich ohnehin selbst.

Die Situation war schlimm. Die Menschen hatten auf einen Naobe geschossen, einen Abgesandten der Altwalden, und das bedeutete, dass sie entweder vergaßen, was er war... oder keinen Respekt mehr hatten.

Orientierungslos lief er nordwärts am Nevrizian entlang in Richtung Acha´Id.

Dörfer und kleine Wachtürme ließ er links liegen. Er gönnte sich keine Pausen. Die Eicheln halfen ihm, bei Kräften zu bleiben. Wenn er Menschen begegnete, verbarg er sich im Schilf des Flusses unter seinem Tarnmantel.

Schließlich gelangte er an ein großes, ummauertes Gut. Nachdenklich blieb er stehen, betrachtete die Menschen rund um die Schutzwälle. Dann sah er, dass dort Elben mit dem Vieh arbeiteten.

Eine Welle der Erleichterung durchfuhr seine Glieder.

Hier gab es Hilfe für ihn.

***

Neun Uhr, am Morgen.

Der Morgen war heiß in Boasp. Gegen Mittag würde das Leben in der Metropole nur noch hinter Mauern oder in den wenigen schattigen Gärten stattfinden.

Ein Mann verließ eine kleine Barkasse. Sie dümpelte am Rande des Bootsviertels von Boasp, direkt am offenen Meer und zugleich nahe dem Atoll. Eine gute Lage.

Das Bootsviertel war erster Anlaufpunkt der Flüchtlinge in Boasp. Bordwand an Bordwand lagen die Boote zu einem riesigen Floß vertaut vor der Agora der Stadt. Zwischen den Rümpfen tummelten sich Aasfische inmitten von Essensresten und Müll.

Der Mann kletterte die Strickleiter hinauf auf einen heruntergekommenen kleinen Frachter. Eine Familie von Blondschöpfen versuchte hier, mit dem Brackwasser ihre Wäsche zu waschen. Er huschte über das Deck und sprang auf eine schmale Dschunke. In der halbrunden Deckhütte sah er sich lethargisch wiegende Gestalten. Es roch süßlich. *Opium?*

Kräne und Kulis ächzten und schwitzten unter schweren Lasten, Händler und Börsianer rechneten und feilschten. Er kletterte über eine weitere Dschunke. Ansammlungen gleicher Schiffstypen waren nicht selten im Bootsviertel.

Zähe Gestalten brüteten über allerlei Kleinkram. *Raubgut.* Ein fleischiger Mann schärfte ein Beil.

Ohne sie eines Blickes zu würdigen, ging es auf eine weitere Dschunke. Sie war leer. Über die Dau einer ockerfarbenen Familie gelangte er zu einer Gondel. Neben ihr schwammen verkohlte Balken. Manchmal verbrannten Boote. *Heiliges Feuer? Brandanschlag?* überlegte er.

Über weitere Schiffe unterschiedlicher Bauart hinweg kletterte er bis zur offenen See, streckte die Hand aus: »Hallo! Fischer, können Sie mich zur Coppa bringen?«

Der Fischer ruderte heran und der Mann stieg ein. »Ich hasse es, mich morgens durch die Stadt zu drängeln.«

»Die Stadt wird immer voller«, antwortete der Fischer lakonisch. *Wo der wohl herkommt?*

Kriegskanus der Marine erzwangen einen gehörigen Abstand zum Arsenal. Im Vorbeifahren betrachtete der Mann seinen Arbeitsplatz.

An der Coppa bezahlte er den Fischer und verließ das Boot.

Wer ihn beschreiben sollte, fand wenig konkrete Anhaltspunkte: Er mochte ein Mensch oder Elb sein, aber auch als ungewöhnlicher Zwerg oder sogar Ork durchgehen. Er war weder groß noch klein, weder dünn noch dick. Nicht hübsch, nicht hässlich. Nicht hell, nicht dunkel. Er war unscheinbar. Gerade deshalb war Levent für Boasp so wichtig.

Fliegen belagerten die Stände auf dem Frischmarkt.

Seemöwen lauerten auf Abfälle, die auf das Pflaster fielen. Es roch nach Obst und Fisch.

Rechts von ihm erhob sich die Agora, der Regierungsberg der Republik. Er schaute hinauf und lächelte. Die Kuppel des Observatoriums blinkte. Eine Zyklopenmauer zog sich rundherum. Entspannt schlenderte Levent die Hafenbecken entlang. Frachter aus aller Herren Länder löschten hier ihre Waren und nahmen Boasps Güter an Bord. Kulis mühten sich für einen Hungerlohn. Rechter Hand lagen die Kontore der Handelshäuser. Auch alles Spione. Hungrig setzte er sich in die Außenwirtschaft eines kleinen Lokals.

Ein Mädchen trat heraus: »Guten Morgen, möchten Sie frühstücken?«

Levent lächelte sie an: »Oliven, Schafskäse und Sesamgebäck.«

»Kaffee oder Tee?«

Für Schnaps war es noch zu früh.

»Tee, aber ohne Zucker.«

»In Ordnung«, wisperte sie und huschte hinein.

Hübsch. Ihr Vater dachte das wohl auch, denn vorsorglich war er es, der die Bestellung brachte. *Religiöse Einwanderer.*

Levent lehnte sich zurück und fühlte den Moment. Er ließ alles von sich abfallen. Erinnerungen schlichen sich ein und er lächelte. Das Schicksal ist schon merkwürdig: Bastard, Flüchtling, Tagelöhner, Sträfling, Soldat und jetzt Spion.

Zufrieden bezahlte er und ging, weg von den Docks, ins anliegende Bilgenviertel. Hier roch man nicht nur die Vorlieben der eingewanderten Ethnien, sondern auch die Fäkalien und das stinkende Handwerk. Bootsleute liefen mit Eimern umher, um wenigstens das Gröbste ins Meer zu entsorgen. Eine Lösung war das nicht, denn die See spülte den Dreck zurück an Land.

Das ist für mich vorbei.

Die Pfade durch die Bilge waren früher der einzige Weg in die Innenstadt. Für die reichen Gäste hatte man später in der

Großen Umgestaltung einen Yachthafen am anderen Stadtende gebaut. Wer den Booten vor Boasp entkam, landete aber noch immer zumeist hier.

Hinter der Bilge öffnete sich das Forum. Der Markt nahm die größte Fläche ein. Alles nur denkbare wurde zum Kauf angeboten – solange es nicht verderblich war. Über den Boden schaukelte sanft der Schatten der großen Plattform.

Das Forum wurde beherrscht von der Universität. Hier hatte Levent kurz als Hausmeister gearbeitet und die Studentinnen bewundert. Das höchste Gebäude war die Stufenpyramide. Im Inneren befanden sich Aufzüge und Magazine, der Unterricht fand auf den Plattformen im Freien statt. Die Boasper nannten sie den Elfenbeinturm.

Neuerdings war der Universitätsbibliothek eine Kapelle angegliedert worden. Sie war nur mäßig besucht, als er eine Kerze entzündete. *Man weiß nie, wofür es gut ist.*

Dann verließ er das Forum und peilte das Viertel gegenüber an. Zur Rechten erstreckte sich das Arsenal.

Wer es aus der Bilge schaffte, wohnte in den schattigen Arkaden. Hier lebten Meister und Kaufleute, die es zu Wohlstand gebracht hatten. Hotels und Bistros versorgten Pilger, Geschäftsleute und Botschafter.

Sonnensegel machten aus den Gassen des Viertels eine eigene Welt. Levent ließ sich Zeit und schaute in die Auslagen. Aus einer der vielen Gassen heraus gelangte er an sein eigentliches Ziel: die Coppa.

Während abends der Wellengang die Surfer anlockte, lud die morgendliche See zum Schwimmen ein. Einige Kioske hatten schon geöffnet. Sonnenanbeter lagen auf Handtüchern. Sie alle wollten den wunderschönen Bronzeton der Meeresnomaden erreichen.

Er sprang ins Meer und schwamm mit dem Blick zur Stadt. *Herrlich!*

Der Strand nahm eine ganze Stadtseite ein und lag zwischen dem Wohn- und dem Gartenberg. Gegenüber des Yachthafens, der Marina, lag das Sanatorium mit abgeschirmtem Strandbereich. Nach anstrengenden Aufträgen erhielt hier auch Levent heilende Anwendungen.

Etwas weiter draußen dümpelten Yachten, dahinter patroullierten Fregatten der Marine.

Levent schwamm die Coppa einmal komplett hinauf und hinab. Tauchte noch eine Weile umher und tappte – erschöpft, aber glücklich – in der Nähe der Marina an den Strand zurück. Dort suchte er einen bestimmten Kiosk auf.

»Frieden«, grüßte Nilüfer, die Betreiberin des Kiosk.

»Frieden«, antwortete Levent.

»Magst Du Blätterteigpastete?«

»Ja, das wäre prima.«

Nun kam auch Yüksel, Nilüfers Ehemann, und umarmte ihn.

Die beiden waren seit Jahrzehnten verheiratet und führten den Kiosk mit Leidenschaft. Er war zu fast jeder Tages- und Nachtzeit geöffnet. Yüksel produzierte Süßspeisen, die in der Hitze nicht verdarben. Nilüfer wachste die Surfbretter.

»Wann lernst Du endlich surfen?« fragte er.

»Ich schwimme lieber.«

»Gott hat dieses Atoll nicht umsonst bei den Meeresnomaden erschaffen!«

»Wenn ich in Pension gehe, mein Freund.«

Levent genoss die Pasteten mit Pistazien und Nüssen. Er trank dazu Kaffee.

»Wusstest Du übrigens«, fragte Nilüfer, »dass der Kaffee ursprünglich von den Orks stammt?«

»Apropos Ork. Ich sehe den Orkenprinz nicht mehr?«

»Ja, die Stadt hat sein Lager aufgelöst, sie wollen keine Hausierer am Strand. Er solle sich eine Wohnung suchen.«

»Hat er sich mit Strandblume was gesucht?«

»Ich glaube nicht, dass Strandblume mit ihm zusammenzieht.«

Yüksel schickte Nilüfer, noch einen Kaffee zu brühen.

Später nahm ein Fischer Levent mit zum Bootsviertel.

Wie ein gigantischer Riegel versperrte das Arsenal die Sicht auf die Stadt, der Kriegshafen ragte halbrund ins Meer.

Wahnsinn. Levent kletterte auf seine Barkasse.

Ein Morgen, wie er ihn liebte.

Zwölf Uhr, am Mittag.

Draußen sengte die Sonne. Selbst die Möwen schienen zu hecheln, drängten sich in den raren Schatten. Die Masten in den Docks wirkten wie abgestorbene Bäume. Nur wenige Schiffe waren in Bewegung.

Das Arsenal war in diesen Stunden der angenehmste Ort in Boasp. Die dicken Festungsmauern hielten die Hitze fern, durch den überdachten Kriegshafen wurde der Wind gekühlt und wehte als angenehme Brise durch die Gänge. Die Zitadelle strömte ebenfalls Kühle aus.

Levent trank Limonade in der Mensa des Arsenals.

Der Saal war gefüllt mit lärmenden Marineinfanteristen.

Er schloss die Augen und dachte an seine Mentoren: Vlad, den Spionageleiter; Piccolo, den Waffenmeister und She-Bashi aus Ciena; den schwulen elbischen Arzt und natürlich den Orkenprinz. Jeder von ihnen hatte Levents Leben auf eigene Art neu zusammengesetzt.

Vlad, der ihn aus der Bilge in den Staatsdienst geholt hatte.

Der Arzt, den alle nur Doktor Hu nannten, mit seinen Nadeln und Pillen.

Piccolo, der lachte, als Levent das Leichtschwert der Inselgardisten führen wollte.

Und der Ork mit seiner Kunst.

Anstrengende Zeit. Levent lächelte. *Intensive Zeit!*

Ein Kadett kam und bat ihn, zu folgen. Sie gingen in die verbotenen Kellergewölbe unterhalb der Agora. Hier lagen sowohl Telmis geheime Werkstätten als auch Piccolos Waffensammlung. Und Vlads Büro.

Durch seine Brille studierte der Leiter der Spionage einen Zettel. Dann sah er auf. »Guten Tag, Levent. Wie fühlen Sie sich?«

»Gut. Sehr gut sogar.«

»Ich lese hier Ihren Bericht.«

»Das freut mich.«

»Mich nicht.«

»Was stimmt daran nicht?«

»Er ist dürftig... kurz!«

»Es gab nicht viel zu berichten.«

»Wenn wir Sie für viel Geld ins Ausland schicken, erstatten Sie Bericht. Die Auswertung erfolgt woanders.«

»Selbstverständlich.«

»Gut. Ich habe eine Aufgabe für Sie. Ein Kardinal befindet sich in der Stadt und hält heute Abend Vorlesungen auf dem Elfenbeinturm.«

»Ich hörte davon. Ein Kardinal der jungen Königreiche.«

Vlad erhob sich. »Eine radikale Kraft innerhalb der Kirche. Er vertritt die Idee der Flammzüge.«

Levent nickte. »Die Mission der Kirche mit weltlichen Mitteln aller Art zu unterstützen.«

Er folgte Vlad in eine Nische zu einer Türe.

Dahinter stand ein Marineinfanterist.

»Guten Morgen, El«, grüßte Vlad.

Der Soldat nickte. »Guten Morgen, Herr Admiral.«

Zwergenlicht erleuchtete einen langen Tunnel. Sie betraten einen Aufzug, Vlad zog an einem Seil.

Tief im Berg ertönte Lärm, ein Gewicht ächzte an ihnen vorbei in die Tiefe und zog den Aufzug nach oben.

»Zwerge. Von ihnen kann man verdammt viel lernen!« stellte Vlad fest.

»Der Umbau der Stadt hat auch genug gekostet«, entgegnete Levent. »Ob wir die Schulden je loswerden?«

»Nun, wir haben nicht nur ihre Arbeit bezahlt, sondern auch ihre Geheimnisse gestohlen. Es wird sich langfristig auszahlen.«

»Und die Mäzene des Umbaus sitzen im Aufsichtsrat der Republik und leiten die Gesellschaften.«

Die Gondel ruckelte durch einen runden Schacht.

»Waren Sie schon einmal im Observatorium?«

Vlad heftete einen Besucherausweis an Levents Weste.

»Nein.« Levent las: *Boasp.*

»Sie reden mit niemandem darüber«, befahl Vlad.

»Verstanden«, entgegnete Levent. »Aber was ist meine Aufgabe? Soll ich den Kardinal beschützen?«

»Nein. Wir haben Marineinfanteristen für die öffentliche Ordnung abgestellt und der Kardinal hat seine Inselgardisten dabei.«

Der Aufzug stoppte in einem runden Raum. Sie stiegen aus der schwankenden Gondel und gingen eine Treppe hinauf. Auch hier passierten sie Wachtposten.

Gleißendes Licht und eine nahezu unerträgliche Hitze empfingen sie, ein großer Raum voller Tische, an denen Menschen arbeiteten, überwölbt von einer Kuppel aus Fenstern, geschliffen in Tausende Facetten.

Riesige Vögel flogen über sie hinweg. Die Sonne war größer als gewohnt, ihr Licht merkwürdig gebrochen. Linien teilten den Boden in Zonen ein: *Nevrizian. Alte Osthäfen. Avenicum Dalor. Inselwelt. Boasp.*

Der Blick durch die Kuppel war nicht gleichmäßig, sondern schwindelerregend verzerrt – doch nur auf den ersten Blick. Bei genauerem Hinsehen wurde die Welt unter dem Turm extrem vergrößert.

Levent hatte viele Wunder gesehen, aber hier blieb ihm die Spucke weg. Er kannte dieses Gebäude bislang nur von außen. Die meisten Menschen in Boasp hielten es für einen Leuchtturm, doch jetzt sah er, dass es einen so faszinierenden wie verborgenen Einblick in die Welt gab, so nah, als sei man selbst vor Ort.

»Rauch über der Orkenai«, murmelte er. »Sind das etwa die jungen Königreiche?«

»Ja, aber der Dunst über dem Flusstal ist erstaunlich stark. Es weht wenig Wind. Schlecht für die Händler.«

Levent schaute genauer durch eine der Facetten der Glaskuppel.

»Sieht aus wie ein grauer Fleck.«

»Das Dombauprojekt. Neue Kirchenbauten, unabhängig von der Rationalität der Universitäten.«

Levent war hingerissen von den Möglichkeiten der Kuppel, wollte auf der anderen Seite in Richtung Alte Osthäfen schauen.

Vlad hielt ihn zurück: »Dafür sind Sie nicht autorisiert. Sie haben Zugang, Boasp zu beobachten. Die anderen Zonen sind Ihnen untersagt.«

Levent zuckte die Achseln und suchte stattdessen auf der Stufenpyramide nach Studentinnen. Auch die Yachten in der Bucht lagen zum Greifen nahe vor seinen Augen.

»Die fühlen sich wirklich unbeobachtet«, stellte er fest.

»Soweit es die da unten betrifft, sind sie auch unbeobachtet. Und Sie - Sie können die Frauen in ihrer Pause bewundern.«

Am Arm zog Vlad ihn mit sich. »Der Kardinal ist eine Reizfigur«, sagte er. »Er schafft eine gefährliche Stimmung in den Jungen Königreichen, bedrohlich für Träumer, Begabte und Fremde. Wir können Avenicum Dalor nicht unbeobachtet lassen, wenn Boasps internationale Interessen gewahrt werden sollen. Wir leben hier von Neutralität, Pluralismus und Handel in einer freien Welt.«

»Was genau soll ich tun?« fragte Levent.

»Sie postieren sich hier oben und halten Ausschau nach allem, was Ihnen auffällt im Zusammenhang mit dem Kardinal.«

Levent war mit einem Mal nicht mehr begeistert. »Eine Observation in diesem Brutkasten?«

Vlad hob bedauernd die Schultern. »In der Tat sehr heiß hier«, stellte er fest. »Ich werde wieder in den Keller fahren.«

Sechzehn Uhr, am Nachmittag.

Der Schweiß floss in Strömen. Die Glaskuppel begann, von innen zu beschlagen. Mitarbeiter wischten mit Tüchern das Schwitzwasser ab.

»Die Lüftung ist erbärmlich«, beklagte sich Levent.

»Ja, am Nachmittag sind wir etwas blind hier.«

»Wenn das jemand rauskriegt.«

»Uns wurde schon voriges Jahr eine Klimaanlage ver–sprochen. Sie wollten aus dem Berg kühle Luft hierher umleiten.«

»An technischen Schwierigkeiten kann es doch kaum liegen.«

»Wahrscheinlich hinkt die Finanzierung.«

Levent schüttelte den Kopf. *Unglaublich.*

Der Kardinal war deutlich zu sehen. Er sprach aufgeregt, fuchtelte ab und an mit den Armen, stampfte zeitweise mit dem Fuß. *Gruselgestalt.*

Die Ebenen über und unter dem Kardinal waren voller Zuhörer. Es waren Studierende, Lehrende, Interessierte, Gegner wie Anhänger. Drei Inselgardisten eskortierten ihn, hielten die Augen offen.

Levent hatte genug.

»Ich sehe nichts und höre nichts!« Er rief einen jungen Beamten zu sich. »Übernimm Du mal meinen Posten.«

Dem war das nicht geheuer. Er kannte Vlad. Sein gestammeltes: "Aber..." ließ Levent unbeachtet.

Er eilte die Treppe hinunter auf die Agora. Über die Hängebrücke lief er zur Plattform, genoss, wie die frische Luft ihn wieder munter machte.

Die Plattform vereinte die drei Brücken der Staatsberge. Der Wind ließ sie schaukeln.

Levent blickte sich um, versuchte, nichts genaues zu beobachten, sondern mit den Augen zu hören, wie Dokor Hu es gerne formulierte. Ganz Boasp konnte er aufsaugen. Agora, Villenberg, Gartenberg. Die Docks, die Bilge, den Elfenbeinturm, den Park, das Arsenal, die Coppa, den Yachthafen und das Sanatorium. Die Masten der Frachter, das Bootsviertel und die Wasserstraße zum Nevrizian. Ob man Avenicum Dalor am Horizont sah? Es wollte ihm nicht gelingen.

Er drängte sich an das Geländer, zwischen einige Regierungsangestellte und Politiker.

94

Auf der hinteren Seite der Stufenpyramide fand regulärer Unterricht statt, die Klassen vielleicht ein wenig leerer als sonst.

Die Explosion riss ihn von den Beinen. Körperteile fetzten auseinander, Blut spritzte. Geröll und Bauteile trafen Zuschauer auf den umliegenden Stufen und unten auf dem Forum. Staub wurde aufgewirbelt, in der Stufenpyramide klaffte ein Loch. Um ihn her stürzten Menschen schreiend in die Tiefe, ihre Körper zerplatzten auf dem Boden des Forums, in der Mitte der dortigen Menge, die jetzt in Panik geriet und schreiend begann, einander tot zu trampeln. Sie bewegte sich die Pyramide hinab, in wilder Flucht. Blutende Studierende drängelten sich von ihren Seminaren nach unten. Weitere kamen dabei zu Tode.

Die Leichen blieben liegen.

Levent fühlte sich benommen, doch der Profi in ihm suchte nach Details, Hinweisen, Auffälligkeiten.

Ich hätte doch schon vorher etwas sehen müssen, dachte er.

Ein weiterer Donner erschütterte die Stadt.

Er kam aus den Arkaden. Gesteinsbrocken rissen Sonnentücher mit sich durch die Luft.

Vom Arsenal ertönte das Kriegshorn.

Einheiten von Marineinfanteristen schwärmten aus.

Kriegskanus begannen, die Stadt abzuriegeln.

Keiner rein. Keiner raus.

Levent entschloss sich, seine Position zu verlassen, und eilte ins Arsenal.

Siebzehn Uhr, am Nachmittag.

Levent lag im Halbdunkel auf einem Sofa. Feine Nadeln steckten in seiner Haut. Neben ihm saß Doktor Hu, befragte ihn mit sanfter Stimme.

Mit plötzlichem Poltern wurde die Türe aufgestoßen, so heftig, dass eine Angel brach. Vlad stürmte hinein und riss Levent aus der Trance: »Wer hat Ihnen erlaubt, Ihren Posten zu verlassen?«

Levent war zu benommen, um zu antworten. Doktor Hu jedoch schäumte vor Wut und zischte Vlad an: »Wie können Sie es wagen, unaufgefordert in mein Behandlungszimmer einzudringen und so einen Krach zu schlagen?«

Er begann, ihn aus dem Zimmer zu schieben. »Ich werde mich über Sie beschweren.«

Levents Stimme unterbrach die Auseinandersetzung: »Ich erinnere mich an einiges. Das meiste aber ist wie abgerissen.«

Hu blickte Vlad finster an. »Ich lehre die Spione die Methode des unbewussten Beobachtens. Das Erinnern in Hypnose ist dabei unerlässlich.«

Jetzt änderte sich Vlads Miene, wenn auch nur langsam. Er war zu weit gegangen. Agenten seiner Abteilung führten Aufträge selbständig aus, und diese Regel wollte er auch nicht ändern. Die Explosion, unerwartet und zerstörerisch, zerrüttete seine Nerven und trübte sein Urteilsvermögen.

Besonnener fragte er: »An was erinnern Sie sich, Levent?«

Der schloss noch einmal die Augen und atmete tief, um sich zu beruhigen. »Eine Gestalt mit Kapuze schlängelt sich durch die Menge Richtung Kardinal«, sagte er leise. »Er stößt mit jemandem zusammen. Der zieht ihm die Kapuze vom Kopf. Darunter lange blonde Haare. Dann sehe ich ein schwarzes Licht. Es folgt die Explosion.«

Doktor Hu rieb sich das Kinn, während Vlad etwas erstaunt fragte: »Ein schwarzes Licht? Ist das nicht widersinnig?«

Levent zuckte mit den Schultern: »Es sah so aus. Ich habe meinen Posten übrigens delegiert, weil ich durch das Schwitzwasser an den Prismen unkonzentriert wurde.«

Diese Rechtfertigung war überflüssig, nachdem Vlad schon nachgegeben hatte, und Doktor Hu mischte sich ein, bevor das Gespräch in die falsche Richtung driften konnte. »Das mit dem schwarzen Licht habe ich schon einmal irgendwo aufgeschnappt«, stellte er fest.

Vlad nickte und war schon auf dem Weg aus dem Raum. »Dann wird sich vielleicht etwas im Staatsarchiv finden.«

»Wie geht es dem Kardinal?«

»Er wird im Arsenal von den Ärzten operiert. Es hat die Beine übel erwischt. Wenn er Glück hat, bleibt eins steif. Hat er Pech, müssen beide ab.«

Der nächste Tag.

Die Drei trafen sich am Vormittag des nächsten Tages vor den Pylonen des Archivs. Die berühmte Bibliothek reichte tief in den Regierungsberg hinein und gewährte nur Ausgewählten Zutritt.

Levent schaute Vlad an: »Kein Aufzug hier hinein?«

Vlad schüttelte schweigend den Kopf.

Doktor Hu fragte nach Neuigkeiten.

»Die Ziele der Attentate waren kirchlich«, erklärte Vlad. »Das Theosophieseminar der Universität und die Wohnung des Kardinals in den Arkaden. Der Kardinal wird noch immer im Arsenal behandelt.«

»Schon eine Reaktion des Lektors?« wollte Levent wissen.

»Noch zu früh. Er wird sicher fordern, dass Boasp sich dem Flammzug anschließt.«

Der Arzt gab einen unwilligen Laut von sich. Levent warf ihm einen Blick zu. Doktor Hu war ein Elbe, und die fanatischen Strömungen der Kirche des Einen Gottes bedrohten ihn ebenso wie menschliche Mystiker und Magiere.

Vlad hatte die Verbindung noch nicht erkannt.

»Was ist los?« fragte er.

Levent fand das erstaunlich – sein Vorgesetzter ließ in den letzten Wochen Takt und Einfühlungsvermögen vermissen, schlimmer aber noch: Er zog oft nicht die richtigen Schlussfolgerungen.

»Seit die Kirche diese Flammzugidee hat, haben die Repressalien gegen Elben zugenommen«, erklärte Hu.

»Ja.« Vlad nickte. »Die Kirche macht aus einigen Regionen gefährliche Orte für Begabte und Mystiker.«

Unabhängig voneinander begannen sie die Recherche.

Doktor Hu las in elbischen Büchern, während Levi die Karteikästen durchblätterte. Vlad hingegen rekrutierte einen der wenigen Bibliothekare.

Tatsächlich wurden sie fündig.

***

»Schwarzes Licht entsteht, wenn ein *glanhír* mit Energie überlastet wird«, erklärte Vlad. »Anscheinend unmittelbar bevor er seine Energie auf einen Schlag frei gibt.«

Er lehnte sich auf seinem Stuhl zurück und blickte in die Gesichter der beiden anderen. »Dies war ein magisches Attentat. Genau, was wir brauchen.«

Doktor Hu pflichtete bei: »Ich erinnere mich jetzt wieder, woher ich den Begriff kenne. Augenzeugen berichteten von diesem Licht am Horizont, bevor der Turm von Raftja explodierte. Es hätte mir früher wieder einfallen sollen.«

»Eine schwarzmagische Methode«, murmelte Levent, dem es eiskalt über den Rücken lief. »Dann müssten Verformungen am Elfenbeinturm zu sehen sein.«

»Das lässt sich leicht überprüfen«, sagte Vlad.

»Vor allem muss der Täter all seine Meridiane mit Energie überfüllen, um einen *glanhír* derart zu aktivieren. Das ist Selbstmord«, bemerkte Doktor Hu.

Levent nickte. »Nicht nur ein Attentat also. Sondern verzweifelte Täter noch dazu.«

Vlad kippelte mit seinem Stuhl. »Verzweifelt – oder voller Hass. Das ist nicht gut, in diesen Zeiten.« Er schlug auf den Tisch. »Den direkten Schuldigen dieser Anschläge werden wir nicht finden, aber die Aggression kommt aus Avenicum Dalor. Die Kirche des Einen Gottes hetzt ihre Gläubigen auf, und das ist das Resultat.«

»Eine Radikalisierung des Widerstandes ist auch nicht hilfreich«, merkte Levent an. »Und woher haben die Widerständler das Wissen über Schwarze Magie? Und die *glanhíre*? Diese Steine sind selten genug und unglaublich teuer.«

Doktor Hu schaute missmutig.

»Woran denken Sie?« fragte Vlad.

»Für einen Elben sind das schlechte Nachrichten«, antwortete der Arzt. »Mein Volk wird ohnehin genug bedrängt, und Widerstand gegen die Kirche wird in dieser Art nicht helfen. Am schlimmsten finde ich das Auftauchen von Schwarzmagie. Die Legende sagt, der Rat der Magier ist seit Jahrhunderten im Untergrund aktiv. Wenn der Erzmagier das Chaos in Isrogant nutzt, dann wollen wir hier in Boasp wohl nicht in vorderster Front liegen.«

»Nur keine Schauergeschichten«, wiegelte Levent ab.

Vlad nickte nachdenklich. »Es klingt wirklich nicht sehr wahrscheinlich«, sagte er. »Legenden aus lange vergangenen Zeiten.«

Er blickte zu Levent. »Ruhen Sie sich aus. Erledigen Sie offene Geschäfte. Morgen melden Sie sich bei mir.«

Wochen später.

Für den Passagier flussaufwärts war Fährsteg der letzte Hafen, für den Handel zwischen den Karingern und Boasp der einzige. Hier lag das Tor zu den Jungen Königreichen.

Aber Levent erkannte die Stadt nicht wieder. Die Spuren der Belagerung waren nur notdürftig beseitigt, die Mauer teilweise durch einfache Wälle ergänzt worden.

Ein ärmlicher Markt erstreckte sich über das alte Flüchtlingscamp. Der Hafen war verschlammt. Levent kaufte eine Zeitung und betrat die Stadt. Die beiden Torwachen trugen Messer und Äxte, Kleidung und Ausrüstung waren wild zusammengeschustert, sie wirkten undiszipliniert.

Auf dem alten Marktplatz erhob sich der Rohbau einer großen Kirche.

Viel zu groß für dieses Kaff, dachte Levent, der sich erinnerte, das Gebäude schon vom Observatorium aus gesehen zu haben.

Aus der Mitte eines großen Turmstumpfes ragte ein enorm langer Fahnenmast in den Himmel. Er betrachtete ihn sinnierend.

Eine Orientierungshilfe für die Bauarbeiter?

Langsam schlenderte er um den Bau. Zwei Inselgardisten lungerten vor einem Seitenportal. Sie bemerkten ihn nicht.

Obwohl sie Leibwächter sind, lächelte Levent.

Hinter der Kirche aber stockte ihm der Atem. An Galgen hingen Leichen. An einigen pickten die Krähen nach Futter. Fleischbrocken und Würmer dominierten das Bild.

Sein Magen drehte sich um, und widersinnigerweise machte ihm das bewusst, wie hungrig er war. Am anderen Ende des Platzes betrat er ein Gasthaus und bestellte ein Mittagessen. Er sah sich um; die anderen Gäste waren ausgezehrt. Ihr Erscheinungsbild passte gut zur giftigen Atmosphäre der Stadt, als werde sie noch immer belagert, nur diesmal nicht von einem physischen Feind.

Er schlug die Zeitung auf: »Vier Wochen nach den Anschlägen, bei denen tausend Menschen starben, hebt Boasp die Blockade um die Insel wieder auf und gewährt freien Handel. Die Straßen der Stadt sind noch immer voller Militär, die Buchten voller Marinepatrouillen. Jedes Schiff, das sich einer Durchsuchung verweigert, kann in Brand gesetzt werden.«

Tausende Opfer, dachte er erstaunt. Dann zuckte er die Achseln. Eine Provinzzeitung. Dies war nicht der Isroganter Bote der Nachrichtengilde, und schon gar nicht das edle Edöer Tageblatt, das vor allem von Adligen und Reichen in ganz Isrogant gelesen wurde.

Levent bezahlte sein Essen und las den nächsten Artikel: »Der Lektor in Avenicum Dalor hat alle Gläubigen der Kirche des Einen Gottes dazu aufgerufen, sich an den Flammzügen gegen Magische, Fremde und Andersgläubige zu beteiligen, jeder nach seinen Mitteln. Konkret rief er auf zu Spenden durch reiche Handelsherren und Kriegszüge durch die Herrscher. Er betonte auch die Möglichkeit jedes Einzelnen zur Mithilfe durch Information.«

Denunziation, dachte Levent.

Die Tür wurde aufgestoßen und eine Gruppe Bewaffneter

stolzierte herein. Sie glichen den Torwächtern: Aggressiv, ohne Uniform, nur ein ausgfranstes rotes Tuch dokumentierte ihre Verbundenheit.

Herrisch nahmen sie anderen die Plätze weg. Levent kontrollierte seine Waffen.

Erneut flog die Tür auf und ein weiterer Tuchträger steckte den Kopf in den Raum: »Kommt! Es geht jemandem an den Kragen!«

Lärmend sprang die Gruppe auf und eilte hinaus. Auch andere Gäste folgten, und Levent schloss sich ihnen an.

Am Galgenplatz stand eine eine johlende Meute von Bewaffneten neben begeisterten Bürgern.

Levent blickte suchend umher und fragte schließlich jemanden: »Wer sind diese Leute?«

Leise kam die Antwort: »Das sind die 'Flammen Gottes'. Eine Miliz, die das Reich gottesfürchtig sehen möchte. Fährsteg ist fest in ihrer Hand.«

Eine Miliz als Herrin über Fährsteg? Boasp wird das kaum dulden, stellte Levent bei sich fest.

Einige der »Flammen« schubsten einen Ork zu den Galgen.

Levent hörte jemanden spötteln: »Der Fleischer!«

»Der Apotheker ist schon weg, jetzt kommt der Ork dran«, ergänzte ein anderer.

Levi zählte rund 50 Flammen rund um die gebrochene Gestalt des Orks. Man näherte sich mit der Schlinge.

»So, jetzt geht's ans Baumeln«, kommentierte eine neue Stimme, gefolgt von leisem Gelächter. Es klang hämisch, aber Levent erkannte den Unterton von Angst.

Ihr Narren, dachte er. *Jeder von euch kann der Nächste sein.*

Auf dem Richtplatz kam jetzt Bewegung in die Henker. Ohne Vorwarnung schnellte der Ork nach vorne und biss einer der »Flammen« das Gesicht weg. Die Schmerzenschreie waren unerträglich, die brutale Explosion von Kraft lähmte die Umstehenden, und so machte niemand auch nur den Versuch, den Todeskandidaten zu stoppen. Er hieb dem Nächsten seiner

Henker die Klauen in den Kopf und drückte, bis er zersprang.

Jetzt gab es kein Halten mehr. Die Flammen warfen Äxte, trafen den Ork, aber auch einander. Die Szenerie verwandelte sich in ein chaotisches Blutbad, in dessen Verlauf der Ork seine Fesseln sprengte und wie ein Löwe davonjagte. Niemand hielt ihn auf.

Die Axtmänner waren bleich.

»Der war sicher ein Spion des Orkkaisers!«

»Wenn die nun eine Armee schicken?«

»Dann hauen wir ab!«

»Ihr könnt uns doch nicht schutzlos hier lassen, nachdem ihr den Ork lynchen wolltet«, rief ein Bürger.

Der Mann ohne Gesicht hatte aufgehört zu schreien und wimmerte jetzt nur noch vor sich hin, bis ein Stich ins Herz ihn erlöste.

Levent sah in die Gesichter der Menge, die sich jetzt langsam verlief. Angst und Verzweiflung malten sich darin, jetzt noch mehr, nachdem sie um das Schauspiel der Hinrichtung betrogen worden waren. Er überlegte, ob ein Geschwader Marineinfanteristen die Situation nicht klären sollte. Er schloss sich in einem Klohaus ein schickte ein Dracheninsekt mit einem Steno nach Boasp. Dann begab er sich mit einer Fähre auf das westliche Flussufer.

Hinter der Stadt lösten Stromschnellen den ruhigen Flusslauf ab. Ein einfacher Pfad am Ufer begleitete das Wasser bis zum Engpass. An den Seiten prangten die beiden Fallfesten vor den Felsen, unter dem Banner des Königs von Bronnland.

Levent stand nicht alleine am Schlagbaum. Bürger aus Fährsteg wollten ins sichere Reichsgebiet, aber auch Eselskarawanen warteten auf Durchlass.

Ein Soldat winkte sie durch. Levent fiel in der Menge nicht auf.

Hinter den Wasserfällen wurde der Fluss wieder ruhiger.

Am Abend erreichten die Reisenden einen großen Guts- und Gasthof.

Die Fährstation arbeitete nicht, weil die Karinger nicht mehr an das Grab ihres großen Landoman pilgerten. Landoman hatte sein Mausoleum in der Mitte seines Reiches errichten lassen. Aber alles Land östlich des Nevrizian war seitdem an die Orks gefallen.

Später.

Levent kannte diesen Ort nicht. Vor vielen Jahren, als er selber ein Flüchtling war, hatte seine Route direkt durch das Orkland nach Fährsteg geführt.

Das Gut war ummauert, Felder und Weiden umzäunt. Arbeiter kümmerten sich um die Bewirtschaftung. Erstaunt erkannte er, dass Elben darunter waren. Er musste sich irren.

Er mietete sich ein Bad und ein Zimmer, streckte sich auf dem Bett aus und tagträumte. Erfrischt machte er sich auf in die Schankstube. Sie war voll, es roch nach Hausmannskost.

Tische waren keine mehr frei, nur einzelne Plätze. Er stellte ein leichtes Bier neben die Schnapsgläser von Männern in Arbeitskleidung: »Ich darf doch?«

Die Männer schoben ihm den Stuhl zurecht.

»Wem gehört das Gut hier?« fragte Levent, nachdem er Platz genommen hatte.

»Der Adjagarin«, lautete die verblüffende Antwort.

»Eine Adjagarin?« hakte Levent nach.

»Natürlich nicht direkt. Ihr Urgroßvater war noch einer. Er schützte die alte Kolonie drüben.«

Die Ruinen kenne ich, dachte Levent.

»Dann kam das übliche Chaos. Flut, Orks, Karinger.«

»Aber Euch geht es gut hier?«

»Ja, die Gutsleute halten zusammen. Egal, wo sie herkommen. Hier gilt noch die Ius!«

Levent nickte anerkennend.

»Und Sie?« wurde er gefragt.

»Ach, ich komme aus Boasp.«

»So ein weiter Weg. Händler...?« Die Frage hing in der Luft.

»Unser Unternehmen sucht neue Partner und Produkte.«

»Wie ist Boasp?«

»Ich kenne nichts vergleichbares. Ein Wunder an Fortschritt und Freiheit.«

»Stimmt es, dass die Soldaten Boasps Feuer speien wie Drachen?«

Levent nickte. »Ja, sie kämpfen auch mit Feuer. Aber auch mit Bolzen und Klinge.«

Die Küche bot zwei Gerichte an. Levent probierte saures Pferdefleisch.

»Dazu brauchen Sie aber ein starkes Bier.«

»Und einen Korn!«

Sie hörten schwere Regentropfen auf Dach und Fenster schlagen. Durch die Tür stolperten drei axtbewaffnete Flammen Gottes herein.

Die Arbeiter richteten sich auf, blieben aber sitzen.

Etwas unsicher schritt das Trio durch die Stube.

Keiner machte für sie Plätze frei.

Levent lächelte. Die Ablehnung der Fanatiker tat ihm gut.

Missmutig reichte der Schankwirt den Milizionären Getränke. In die relative Stille hinein erklang der ruhige Schritt von Reitstiefeln.

Eine Frau im Rentenalter erschien im Eingang. Sie trug praktische Kleidung. Levent fielen sofort die weiten Ärmel auf.

»Raus mit Euch.« Mehr sagte sie nicht.

Das Trio fühlte sich sichtlich unwohl, aber Levent sah auch, dass sie es nicht dulden konnten, so vorgeführt zu werden.

Sie legt es drauf an, dachte er, und so sehr er die Frau auch bewunderte, bei der es sich um die Adjagarin handeln musste, so sehr wusste er auch, dass sie sich in Gefahr begab.

»Und wenn nicht?« fragte einer der Axtträger.

Ein Knall war zu hören und er wurde zu Boden gerissen. Eine Bullenpeitsche hatte seinen Hals zerschnitten und gequetscht. Sie lag drohend neben ihm auf dem Fußboden, der Griff in der Hand der Frau.

»Kein Ort für Milizen«, stellte sie trocken fest.

Der Verletzte rappelte sich hoch, seine Kameraden griffen ihm unter die Arme, und wie getretene Hunde machten sich die drei aus dem Raum.

Mit einem kurzen Blick dirigierte die Adjagarin Levents Tischgenossen hinterher.

Der Raum applaudierte. Levent nicht.

Er spürte den Blick der Adjagarin, bevor sie zu ihm kam.

»Ich habe Sie gar nicht bemerkt«, stellte sie fest. «Sonst entgeht mir kein Gesicht.«

»Darunter leide ich Zeit meines Lebens«, entgegnete er. »Ich falle einfach niemandem auf.«

»Nuefa«, stellte sie sich vor.

»Levent.«

»Sie haben nicht geklatscht.«

»Deswegen haben Sie mich wahrgenommen.«

Sie lachte.

»Es war schön, das zu sehen«, meinte er. »Diese Kerle verbreiten in Fährsteg blanken Terror.«

»Nicht nur dort, aber da ist es am schlimmsten.«

»Sie werden sicher wiederkommen.«

»Wir hatten schon Besuch von Orkrauden und Karinger Läufern.«

Levent zog die Augenbrauen hoch. Das klang in der Tat gefährlicher als die Flammen Gottes.

»Fährsteg sieht jämmerlich aus. Wie konnte die ganze Gegend so schnell so herunterkommen?« fragte er.

»Die drei Söhne von Landoman haben sich das Reich geteilt, weil sie Erbduelle fürchteten. Seine Enkel holen das nach, steigen aber nicht selbst in den Ring, sondern schicken ihre Soldateska.«

»Wie überall. Es wird sich nicht ändern. Früher oder später kommt ihr unter eine Herrschaft.«

»Wir gehören ja zum Bronnland.«

»Diese Miliz, wo kommt die her?«

»Aus irgendwelchen Löchern. Idioten. Fanatiker. Versager. Taugenichtse. Verbrecher. Wer sonst nichts schafft, schließt sich ihnen an.«

»Und wer finanzert das?«

Die Adjagarin schaute ihn listig an: »Das sind sehr konkrete Fragen. Sie sind Händler?«

»Aus Boasp.«

»Aus der großen Republik?«

»Gespräche enden manchmal so schnell«, lenkte er ab. »Ich habe mir angewöhnt, die Zeit zu nutzen.«

Sie nickte und kehrte zurück zu seiner Frage: »Sie rauben sich das Geld von ihren Opfern. Elben, Träumer, Begabte.«

»In Fährsteg wollten sie den Metzger aufhängen. Einen Ork.«

»Und?«

»Einem hat er das Gesicht abgebissen, einem anderen den Schädel zerdrückt.«

Sie lachte schadenfroh, doch dann wurde sie ernst.

»Aber ich glaube, der Kardinal höchstpersönlich finanziert sie«, sagte sie, jetzt leiser.

»Bitte?«

»Während das Reich drei Regenten hat, gibt es nur einen Kardinal. Ich glaube, er sieht sich berufen, die Jungen Königreiche wieder zu vereinen.«

Levent lehnte sich zurück. »Stammt er von hier?«

»Seine Famile stammt aus Fährsteg und hat ihn als Kind nach Avenicum Dalor geschickt.«

Das ließ ihn aufhorchen. *Irgendwas stimmt da nicht.*

»Treibt die Miliz denn überall in den Jungen Königreichen ihr Unwesen?« fragte er.

»Vornehmlich Bronnland. In Loren gibt es Gruppen. Nur die Insel ist noch nicht verseucht.«

Sie stand auf. »Mein lieber Levent, so sehr ich es genieße, mit Ihnen zu plaudern - ich mache jetzt wohl besser meinen Rundgang.«

Er reichte ihr die Hand. »War mir ein Vergnügen.«

»Sie reisen weiter?«

»Morgen.«

»In das Bronnland?«

»Nein ich möchte nach Isle of Tull.«

Später.

Das Regengeräusch ließ Levent gut schlafen. Erst ein Klopfen weckte ihn. Er stand auf, öffnete die Tür und ließ Adjagarin Nuefa und einen dunkelhäutigen Mann eintreten. Sie kam direkt zur Sache.

»Verzeihen Sie die Störung. Ich möchte Sie um einen Gefallen bitten.«

»Wenn ich helfen kann«, antwortete Levent vorsichtig.

»Das ist Naobe Wei. Er muss hinauf in die Acha'Id.«

»Und ich soll ihm als Alibi für die Reise dienen«, schlussfolgerte Levent.

»Wenn es Ihnen nicht zu gefährlich ist.«

»Ich kann ihn als meinen Diener ausgeben oder Prokuristen.«

»Das wäre ausgezeichnet!« seufzte Nuefa.

»Dafür benötige ich aber einen besseren Anzug und auch Wilson benötigt einen.«

»Wer ist Wilson?«

Levi zeigte auf Naobe: »Na, er!«

Das schien diesen zu amüsieren. »Wilson«, wiederholte er. »Damit kann ich gut leben. Wir können versuchen, den Nevrizian hinaufzufahren bis Tull upon Isle. Das ist besser als der Landweg.«

»Und ich besorge die Anzüge«, meinte Nuefa.

Als Levent wenig später seine Zimmertür hinter den beiden schloss, war er sehr zufrieden. So unproblematisch ging seine Arbeit nur selten vonstatten.

Der nächste Tag.

Ausgestattet wie besprochen schifften sie auf einem Frachter ein, der in Gut Orkflucht Lebensmittel lud und diese nach Tull brachte. Die Besatzung war bronnländisch, und zu ihrem Missvergnügen befand sich auch ein Bischof der Kirche des Einen Gottes mit einem Inselgardisten als Eskorte an Bord.

Naobe raunte: »Unangenehm.«

»Solange wir den Bischof nicht angreifen, passiert nichts«, beruhigte Levent.

Er spürte, dass der Inselgardist sie musterte, aber Kleidung und Auftreten schienen zu überzeugen. Sie wirkten wie Geschäftsleute aus dem Ausland, und um das zu unterstreichen, machten sie Notizen und rechneten viel herum.

Während dieser Maskerade suchte Levent das Gespräch.

»Wilson, wer ist Lady Nuefa in diesem Spiel?« fragte er gerade heraus.

»Sie ist keine Freundin der Neuen Ordnung«, lautete die Antwort. »Aber das ist allgemein bekannt.«

Levent nickte. »Das ist wohl nicht alles.«

Naobe lächelte. »Nein, das ist nicht alles. So, wie Sie kein Händler sind. Ich bin zu lange durch Isrogant gereist, ich erkenne Heimlichtuer.«

Nachdenklich blickte Levent seinen Reisegefährten an. »In Boasp gab es zwei Selbstmordanschläge mit *glanhiren*«, sagte er dann. »Das Thema interessiert mich.« Nach einer kurzen Pause fügte er hinzu: »Und ich war in Fährsteg.«

»Ich war auch in Fährsteg«, sagte Naobe. »Und in der Acha'Id kam der saisonale Magiewind nicht an. *Das* Thema interessiert mich.«

»Hängt der Magiewind mit Fährsteg zusammen?« fragte Levent.

Naobe nickte. »Das ist eine der interessanten Fragen. Wir können das gerne ein andermal vertiefen.«

Diese Unterbrechung des Gespräches fand Levent bemerkenswert. Wer war Naobe? Ein Mystiker? Ein Zauberer?

Der Schiffsverkehr nahm Richtung Bronnmündung zu.

Dörfer und Kastelle säumten die Ufer. Auch hier gab es herumziehende Milizionäre. Levent sah, dass der Inselgardist bei ihrem Anblick Abscheu zeigte.

Sie arbeiten wohl für den falschen Laden, vermutete er. Aber vielleicht tat er der Inselgarde auch Unrecht, und sie mochten einfach nur die undisziplinierte Brutalität der marodierenden Grüppchen nicht, ganz egal, welcher Richtung sie sich angeschlossen hatten.

Der erste Streckenabschnitt nach der Bronnmündung war ruhig. Allerdings störte der Kapitän den Frieden, indem er Besatzung und Passagiere warnte: »Der Fluss hat Niedrigwasser und wir kommen bald an die Sandbänke. Hier greifen schon mal Orkrauden an.«

Waffen wurden verteilt. Einige Passagiere prüften ihre eigenen Schwerter. Der Inselgardist begann mit Aufwärmübungen.

Gute Idee, stimmte Levent ihm innerlich zu. Auch er überprüfte seine Waffe. Zwangsläufig erregte das Aufmerksamkeit, doch angesichts der drohenden Gefahr nahm er das in Kauf.

Naobe tippte ihm an die Schulter. »Er kommt herüber«, sagte er. Auch seine Augen waren an Levents ungewöhnlicher Ausrüstung hängen geblieben, aber er hatte nichts gesagt. Anders als der Inselgardist, der allerdings völlig freundlich war, als er Levent ansprach.

»Ist das eine Telmi?« fragte er.

Levent nickte.

Der Gardist schaute interessiert. »Sie sind Marineinfanterist aus Boasp?«

»Ich war. Jetzt arbeite ich für eine Export-Import-Gesellschaft.«

»Und die Waffe durften Sie behalten?«

Levent lachte. »Nein. Ich habe sie mit viel Glück auf einem Schwarzmarkt erworben. Wenn man einmal an einer Waffe ausgebildet wurde, ist sie wie ein Teil von einem selbst. Und wer lässt sich schon gerne etwas amputieren.«

Der Gardist grinste zustimmend. »So geht es mir auch.«

»Darf ich?« fragte Levi und deutete auf das Leichtschwert an der Hüfte seines Gegenübers. Nach nur kurzem Zögern erhielt er es.

»Es wiegt nicht mehr als eine Feder«, sagte er anerkennend. »Es ist wie eine überdimensionale Nadel.«

»Schauen Sie genau hin. Die Klingen der Leichtschwerter haben unterschiedliche Profile. Manche haben drei scharfe Kanten, manche vier. Dies hat fünf.«

»Ein Meistwerk der Schmiedekunst!« Levent reichte es zurück. »Für einen Meister der Fechtkunst!« Er wusste, dass das nicht übertrieben war. Die Federfechter der Inselgarde waren legendär für ihre Kampfkunst.

»Hoffen wir auf Orks, ich möchte eine Telmi gerne mal in Aktion sehen.«

Das Schiff wurde immer langsamer. Am Bug wurde gepegelt, an den Seiten hingen Matrosen und spähten über die Wasseroberfläche. Mit langen Stangen schob die Mannschaft den Frachter voran.

»Hoffentlich muss ich keine Ladung abwerfen«, grummelte der Kapitän.

Seine Sorge war nicht unbegründet. Wie aus dem Nichts huschten Ork aus dem Gras und sprangen durch knietiefes Wasser in Richtung des Schiffes. Levent hechtete nach Steuerbord, seine Telmi-Schleuder im Anschlag. Mit den ersten Bolzenschüssen tötete er die Hälfte der Angreifer. Auf der Backbordseite wurde das Schiff geentert. Levent griff nach weiteren Bolzen. Die Orks hingen jetzt auch hier an der Bordwand.

Entschlossen sprang er seinerseits ins Wasser und nahm die Angreifer in einer Linie. Die Telmi ließ ihn nicht im Stich, nur zwei der Orks überlebten den Beschuss und griffen ihn an. Einen erschoss er direkt vor sich. Der zweite packte ihn.

Nur nicht mein Gesicht, dachte er. Weil er sich wegdrehte, schlug sein Gegner ihm eine tiefe Risswunde auf dem Rücken.

Er wand sich aus dem festen Griff, der ihn unter Wasser

drücken wollte, und es gelang ihm, den Ork mit dem Bajonett zu töten. Vom Schiff warf ihm Naobe ein Tau zu.

Mühsam erklomm er das Deck. Auch Naobe hatte Wunden davongetragen. Neben ihm lag ein toter Matrose. Einige Besatzungsmitglieder krümmten sich verstümmelt an Bord. Der Inselgardist hatte alleine den Bug verteidigt. Er war mit Blut bespritzt.

Eine Handvoll Orks floh zu beiden Seiten des Flusses. Levent schätzte die Entfernung, befand, dass er noch eine Chance hatte, und erschoss die Flüchtenden in Richtung Bronnland. Die anderen sollten ruhig von ihrer Niederlage berichten. Er sah ihnen nach und bemerkte gar nicht, wie der Inselgardist zu ihm trat.

»Viel habe ich nicht gesehen«, sagte er bedauernd. »Es ging so schnell.« Er zeigte auf die im Wasser treibenden Orks: »Ihre?«

Levent nickte.

Der Gardist pfiff anerkennend, dann sah er sich nach seinem Schützling um. Er sah den Bischof beim Kapitän.

»Mit Ihren Verwundeten sollten wir vielleicht nach Nöln zurück«, stellte er fest.

Der Kapitän schnaubte. »Kommt gar nicht in Frage. Wer nach Nöln will, kann hier aussteigen. Die Fracht wird nach Tull upon Isle geliefert!«

»Bis wir in Tull sind, grassiert das Wundfieber«, bemerkte Naobe leise und sah Levent dabei zu, wie er Nadeln von Doktor Hu aus seinem Beutel holte.

»Von ihrem Hausarzt?« fragte er lächelnd.

»Ja.«

Naobe legte die Hand auf Levents Wunde, und sofort ließ der Schmerz nach. Mit einem freundlichen Nicken sagte er: »Ich heile den Rest später, es fällt sonst auf.«

Mit einem Mal fühlte Levent sich erleichtert. *Ein Heiler.* Naobe Wei war ein Heiler.

Aber wohl nicht nur.

»Wie haben Sie gekämpft?« fragte er. »Ich sehe keine Waffe.«

»Nooq«, antwortete Naobe.

Die alte Elbenkampfkunst.

»Sie brauchen mich wirklich nur zur Tarnung«, sagte Levent.

»Ja. Aber ich schätze Ihre Begleitung.«

Später.

Der Lebensmitteltransport erreichte Tull. Die Stadt lag am Zusammenfluss der Flüsse Nevra und Zian, offiziell also am Anfang des Großen Flusses. In Wirklichkeit aber stammte sein Wasser aus den Marschen der Acha´Id.

»Wo ist die Insel?« fragte Levi. »Tull upon Isle?«

»Weit im Norden verbindet ein Kanal die Flüsse«, antwortete Naobe. »Die Insel ist das Kerngebiet des Teiches. Isle of Tull.«

Sie entschlossen sich, in Tull eine Pause einzulegen, um Wunden zu heilen und Ausrüstung zu ergänzen. Im Hafenviertel fanden sie ein Zimmer und Ruhe, die Naobe benötigte, um seine Heilkünste voll zu entfalten.

Fasziniert sah Levent, wie Wunden sich schlossen und Entzündungen schwanden. Erschreckt bemerkte er, wie ausgelaugt sein Reisegefährte hinterher war. Er benötigte eine Pause.

Levent nutzte sie, um durch die Stadt zu streifen. Er suchte nach Möglichkeiten der Weiterreise. Noch immer favorisierte er den Wasserweg; es gab aber nur kleinere Versorgungsschiffe für die Siedlungen am Kanal.

Dann fand er das Dalington Theater. Er besuchte eine Vorstellung und verstand keine der historischen Anspielungen, aber die Sprache verzauberte ihn. Mit einer Zitatensammlung in den Händen kehrte in die Pension zurück. Er begann, Naobe daraus vorzulesen.

»Hören Sie auf!« bat dieser nach einer Weile. »Ich kannte Dalington persönlich.« Levent konnte nicht beurteilen, ob dies ein positives oder negatives Urteil beinhaltete, doch Naobe fügte hinzu: »Außerdem gibt es ja noch Dinge zu bereden.«

Levent setzte sich neben das Bett. »Fährsteg.«

»Die Altwalden haben mich beauftragt, herauszufinden, warum der Magiewind dieses Jahr ausblieb.«

Die Altwalden. Levents Hirn arbeitete fieberhaft. Der Name war ihm bekannt – natürlich. Die Altwalden waren magische Wesen aus den Steppen der Acha´Id, und sie sammelten *achí*, magische Energie. Die Magiewinde transportierten *achí*, und Magiere benötigten es, um ihre Zauber zu wirken.

Naobe war also ein Kundschafter. Im Grunde genau wie er selbst.

»Was haben Sie herausgefunden?«

»Ich folgte der Windroute und fand die Anomalie in Fährsteg.«

Levent zog die Brauen nach oben. »Was war es?«

»Die Kathedrale. Sicher haben Sie sie auch gesehen, sie ist noch im Bau. Aber der Fahnenmast im Turm, der ist schon errichtet.«

»Und der verursacht magische Anomalien?«

»Er ist aus purem Orkenbein!«

Levent hob die Hand: »Können wir ganz vorne beginnen? Was hat Orkenbein mit Magie zu tun?«

Naobe lehnte sich vor. »Orkenbein ist der Werkstoff der Acha'Iden. Geschmolzene Knochen und geformte Knochen. Es hat fast die Leitqualität lebender Knochen.«

»Und die Altwalden?«

»Sagen wir so: Sie gehören zum harten Kern des magischen Isrogant.«

»Gibt es eine Verbindung zu den Anschlägen in Boasp?«

Eine abwehrende Handbewegung war die Antwort. »Ganz sicher nicht. Das müssen andere Kräfte sein. Die Zerstörung von *glanhíren* klingt nach schwarzmagischer Praxis.«

Levent dachte eine Weile nach, setzte die einzelnen Stücke in seinem Kopf zusammen. »Die Kathedrale dient also dazu, Magiewinde abzufangen.«

»Scheint so.«

»Und wenn Fährsteg so wichtig ist, wieso duldet dann der Kardinal dort solche Zustände und die Herrschaft einer Miliz?«

»Dieser Hintergrund ist mir unklar. Wie hat ein Kardinal überhaupt solchen Einfluss?«

»Seit das Kloster Avenicum Dalor die Träumer verdrängt und das Ruder in der Kirche übernimmt, hat sich vieles geändert. Als hätte nicht die Große Flut schon genug Unheil angerichtet.«

Eine kurze Zeit schwiegen beide. Dann sprach wieder Naobe. »Die Radikalen vom Berg, ja. Und die Große Flut. Beides haben wir in der Acha´Id kaum wahrgenommen.«

Das konnte Levent kaum glauben.

Der nächste Tag.

Sie schifften sich auf einem kleinen Kutter ein, der Waren zum Kanal beförderte.

»Wenn sie Ihren Bericht hören... was werden die Altwalden tun?«

»Sie werden die Vernichtung der Kathedrale anordnen.«

»Und wie? Invasion aus der Acha'Id?«

»Ich schätze, das muss der Widerstand übernehmen.«

»Oder Boasp.«

Naobe schaute ihn an. »Könnten Sie Boasps Kriegspläne so beeinflussen? Wäre es nicht leichter, den Widerstand zu überzeugen?«

»Leichter für wen?«

»Ich kenne Ihre Rolle nicht, Levent. Nicht, was Sie hier tun, und nicht, was Sie zu tun vermögen.«

Den Widerstand überzeugen, dachte Levent. *Aktiv oder passiv? In Fährsteg hingen auch Kinder am Galgen.*

»Naobe, wer sprengt sich mit *glanhíren* in die Luft? Und riskiert ein neues Raftja?«

»Raftja liegt über tausend Jahre in der Vergangenheit, die Schrecken der Magierkriege sind nur noch Legende. Vielen ist der magische Widerstand zu zauderhaft. Vielleicht gibt es neuerdings schwarze Methoden.«

Als der Kutter den Kanal erreichte, verabschiedeten sie sich.

»Wie kann ich Kontakt aufnehmen?« fragte Levent.

»Wollen Sie das?«

»Vielleicht stammen die Attentäter aus dieser Region. Hier ist alles voller Hass und Verzweiflung.«

Darüber dachte Naobe kurz nach. »Wer weiß das schon? Auch wenn ich mich frage, ob er hier noch Mystiker gibt, deren Können ausreicht für ein solches Attentat. Aber wenn Sie dem gemäßigten Widerstand zum Erfolg verhelfen...«

»... bekämpfe ich die Radikalen«, bestätigte Levent. »So oder so ergibt das Sinn.«

Naobe drückte ihm etwas in die Hand, klein und rund. »Dies kommt von den Altwalden. Es ist mächtiger, als es aussieht.«

Levent betrachtete es. Eine ordinäre Eichel, wie man sie in vielen Wäldern finden konnte.

»Und was mache ich damit?«

»Zeigen Sie es, wenn sie hier oder im Umfeld der Acha´Id auf Magische stoßen. Halten Sie sich westlich in den Bergwald, dann immer weiter südwärts. Vielleicht stoße ich bald schon wieder zu Ihnen.«

Levent sah dem dunklen Mann nach, als er sich schnellen Schrittes in Richtung Wildnis entfernte. Er trug noch immer seine Reiseverkleidung, die jetzt vollkommen unpassend wirkte.

Wilson, dachte Levent. Und hatte den Eindruck, dass Naobe Wei diese ganze Maskerade gar nicht nötig gehabt hätte. Er hatte wohl einen anderen Grund gehabt, nicht alleine zu reisen.

Levent schaute dem Kutter nach, der seine Waren gelöscht hatte und jetzt wieder zurück in den Strom glitt. Seine Mannschaft war unterwegs nach Hause.

Er nicht.

Reisende

Die Roman-Trilogie
von Tian Di

Isrogant: Die Fantasy-Welt
http://www.xin-publishing.eu